KB050914

크랭크 팰리스

메이즈 러너 시리즈

크랭크 팰리스

제임스 대시너 지음 | 공보경 옮김

문학수첩

일러두기

· 이 책에 등장하는 인명, 지명, 단체명 등 고유명사는 국립국어원 외래어표기법과 오디오북의
  발음을 따랐습니다. 이 기준에 따라 기존 〈메이즈 러너〉 시리즈 한국어판과 표기법이 달라진
  단어는 맨 처음 등장 시에 원어와 기존 단어를 병기했습니다. (예) 위키드WICKED(사악)
· 옮긴이 주는 본문 중에 '─옮긴이'로 표시했습니다.

사랑하는 아내이자 유쾌한 절친,
모험의 동반자,
첫 독자이면서 항상 제일 큰 지지를 보내주는
리넷에게,

내게 끝없이 영감을 주고
올바르게 살게 해주며
수수께끼의 마지막 퍼즐이기도 한 내 아이들
웨슬리, 브라이슨, 케일라, 달린에게,

내 아들 웨슬리의 (지금은 우리 가족의) 친구이며,
키샤라는 인물을 만드는 데 큰 도움을 준
토모야에게,

그리고 더 나은 미래를 위해 싸우는 방법을
하루도 빠짐없이 내게 가르쳐 주신
독자들에게

이 책을 바칩니다.

나는 늘 바이러스와 전염병에 관심이 많았다. 그게 뭐가 어쨌다
는 거냐고? 글쎄. 인류의 역사를 돌아보자면, 우리는 수많은 이
들의 목숨을 앗아간 치명적인 질병들과 늘 함께였다. 물론 삶에
는 온갖 무시무시한 요소들이 그득하다. 언제든 우리의 목숨을
빼앗을 수 있는 것들이 한두 가지가 아니다. 하지만 나는 개인적
으로, 눈에 보이지 않는 미생물들의 침입으로 인한 죽음을……
몹시 두려워한다.

　그러니 《메이즈 러너》 시리즈의 주요 소재가 플레어 바이러
스임이 이해될 것이다. 내가 소설로 쓰기 전에도 바이러스를 소
재로 하는 이야기는 책, 영화, 드라마 등의 형태로 지겹도록 다

양하게 변주되었다. 그래도 나는 꿋꿋하게 나아갔다. 공포를 배경으로 삼되 내가 제일 두려워하는 요소를 넣어가며 나름의 전환을 시도해 이야기를 만들어 갔다. 인간의 뇌를 공격해 천천히 미쳐버리게 만들고 인간성을 말살해 결국 지성이 없는 광기의 괴물로 만드는 바이러스.

그래, 바로 이거다!

그런데 지금, 우리가 사는 세상에 실제로 끔찍한 바이러스가 엄청나게 퍼져나가고 있다. 코로나 바이러스는 플레어 바이러스와는 다르지만, 그 영향권에 놓인 이들에게 플레어 못지않은 크나큰 두려움과 고통을 안기고 있다. 이 글을 쓰면서 나도 차분하게 마음을 가라앉히기가 쉽지 않다. 두렵고, 가슴이 찢어지게 아프다. 인류가 합심해 어서 이 바이러스를 정복하기를 바랄 뿐이다.

《크랭크 팰리스》 원고의 상당 부분이 코로나 바이러스가 여러 대륙을 휩쓸면서 세상 구석구석에 퍼져나가기 시작한 후에 집필됐다. 이상한 경험이었다. 결과적으로 전작들에 비해 작품의 깊이가 더해졌고, 두려움이라는 주제에 관해 다른 이들과 공감대를 형성할 여지가 높아졌다. 무엇보다도 나는 독자 분들 중 상당수가 실질적으로 바이러스의 두려움 속에 살고 있음을 인지한 상태로 글을 쓰게 됐다.

2020년 한 해 동안 우리는 수많은 어려움에 직면해야 했다.

내가 여러분을 몹시 아낀다는 것, 이 시리즈를 지지하고 사랑해주시는 여러분에게 말로 표현할 수 없을 만큼 감사드린다는 것을 부디 알아주시기 바란다. 지난 수년간 느껴온 고마움에 보답하기 위해, 여러분의 소리에 더욱 귀 기울이고 배우고자 하는 마음으로, 다양한 작품들을 준비해 선보일 예정이다.

이 소설은 전부터 쭉 기획을 해왔는데 작년 한 해에 집필 속도가 붙어 드디어 결실을 맺게 됐다. 이번 소설은《데스 큐어》에서 무슨 일이 일어났는지 알 수 없었던 뉴트에 관한 이야기다. 정확히는, 뉴트의 머릿속에서 무슨 일이 일어났는지가 이 소설을 통해 밝혀진다. 아마도 괴로우면서도 즐거운 여정이 될 것이다.

이 소설을 여러분에게 바친다. 다양한 형태와 언어로 출간된 모든 수익금은 내 소설 미디어에서 팔로워가 선택한 자선 단체로 전달될 것이다. 여러분에게 감사드리는 내 마음을 처음으로 소소하게 담아 작고 깔끔하게 포장했으니 부디 받아주시길. 마지막으로, 뉴트와 함께하고 뉴트를 기리고 뉴트를 애도하는 이 작품을 즐겁게 읽어주시기 바란다.

PART 1

이웃이
된 걸
환영합니다

CHAPTER 1

'저기들 가는구나.'

뉴트는 버그의 둥근 창에 붙은 지저분한 유리 너머로 바깥을 내다보았다. 친구들이 거대하고 중후한 대문을 향해 걸어가고 있었다. 덴버로 진입하는 몇 안 되는 통로 중 하나를 가로막은 대문이었다. 시멘트와 강철로 된 어마어마한 벽은 일부 망가지 긴 했지만 덴버 시의 아직 무너지지는 않은 고층 건물들을 둘러싸고 있었다. 대문 옆에는 검문소들이 자리했다. 친구들은 검문소를 통과하려 하고 있었다. 거대한 회색 벽과 철색 볼트, 이음매, 경첩으로 강화된 문을 올려다보니 광증이 시작된 미로를 떠올리지 않을 수 없었다. 볼수록 비슷했다.

친구들.

토머스.

민호.

브렌다.

호르헤.

뉴트는 지금껏 살면서 심신에 수많은 고통을 겪었다. 하지만 토머스와 친구들이 떠나가는 모습을 마지막으로 보고 있자니 새삼 무지근한 고통이 밀려왔다. 눈을 감자 그리버 열 마리를 합친 것 같은 무게로 심장을 내리누르는 슬픔이 느껴졌다. 질끈 감은 눈꺼풀 아래로 눈물이 흘러내렸다. 힘겹게 가쁜 숨을 훅 후욱 들이마셨다. 가슴이 몹시 아팠다. 당장이라도 결심을 저버리고 싶었다. 사랑과 우정이라는 무분별한 변덕에 휘둘린 채, 버그의 기울어진 해치문을 열고 비딱한 출입구를 달려 내려가, 친구들과 합류하고 싶었다. 친구들은 뇌 삽입장치를 제거하기 위해 한스 박사를 찾아가는 중이었다. 친구들과 합류할 수만 있다면 그 다음에 닥칠 일은 그게 무엇이든 감당하면 될 것이다.

하지만 뉴트는 미약하나마 온전한 정신이 남아 있는 동안 이미 결단을 내렸다. 평생 이타적이고 선의로 가득한 일을 딱 한 번만 할 수 있다고 한다면 이 일이 바로 그것이다. 그가 이렇게 버그 안에 남아 있어야 덴버 시 사람들에게 병을 퍼뜨리지 않을 수 있었다. 또한 그가 광증에 굴복해 미쳐가는 모습을 지켜보는 고통을 친구들에게 안겨주지 않아도 될 것이다.

뉴트는 병에 걸렸다.

플레어 병.

정말 싫었다. 사람들이 치료제를 찾으려고 애쓰는 것도 못마 땅했다. 그는 이 병에 면역이 없는데, 친구들은 면역인인 것도 화가 났다. 그런 모든 생각들이 뉴트의 내면에서 충돌하고 부딪 치고 격하게 타올랐다. 이대로 서서히 미쳐갈 것이다. 플레어 바 이러스에 감염된 자라면 피해갈 수 없는 운명이었다. 언젠가부 터 뉴트는 자신의 생각이며 느낌 따위를 믿을 수 없는 지경에 이 르렀다. 이미 미쳐서 고독한 끝을 향해 가고 있는 게 아니라면, 이런 상태로 하루하루를 살아내야 한다는 생각만으로도 정말 미칠 것 같았다. 하지만 머릿속에 조금이라도 분별력이 남아 있 는 동안 해야 할 일이 있었다. 끔찍하게 무거운 상념이 플레어 바이러스보다 더 빨리 그를 끝장내 버리기 전에 움직여야 했다.

눈을 뜨고 눈물을 닦아냈다.

토머스와 친구들은 이미 검문소를 지나 검사 구역으로 들어 가고 있었다. 거기서 무슨 일이 일어나는지는 뉴트의 시야에서 보이지 않았다. 그대로 대문이 닫히자 뉴트의 시들어 가는 심장 은 이젠 정말 마지막 순간임을 받아들였다. 30미터 높이로 달려 드는 불안의 파도를 떨치기 위해 뉴트는 한 번 더 창밖을 내다보 며 몇 번 심호흡을 했다.

'할 수 있어. 친구들을 위해 해야 돼.'

몸을 일으킨 뉴트는 알래스카에서 여기로 날아오는 동안 사 용했던 이층 침대로 달려갔다. 소지품은 거의 없었지만 그나마 갖고 있는 소소한 물건들을 배낭에 넣어두었다. 물과 음식, 토머스를 기억하기 위해 그에게서 훔쳐둔 칼 따위였다. 그리고 제일 중요한 물건도 챙겼다. 버그의 보관장에서 찾아낸 일기장과 펜이었다. 자그마한 일기장은 다소 낡기는 했지만 안에는 아무 내용도 적혀 있지 않았다. 손가락으로 페이지를 넘기자 마치 작은 새처럼 파닥파닥 넘어갔다. 금속 들통처럼 생긴 이 비행선을 타고 어딘가로 날아갔던 어느 길 잃은 영혼이 자신의 인생 역정을 끄적거리려다 그만둔 모양이었다. 아니면 죽었거나. 뉴트는 이 일기장을 발견하자마자 자신의 이야기를 써서, 아무도 모르게 보관해야겠다고 결심했다. 언젠가 기억을 잃게 될 자신을 위해. 그리고 어쩌면 다른 이들을 위해.

버그 바깥에서 들려오는 길고 긴 뿔피리 소리에 뉴트는 움찔 놀라 침대로 후다닥 올라갔다. 심장이 빠르게 쿵쾅쿵쾅 뛰어 애써 진정시켜야 했다. 플레어 병 때문에 그는 툭하면 심장이 벌렁거렸고 별것 아닌 일에도 성질을 냈으며 매사 무기력해졌다. 이런 식으로 점점 더 악화될 것이다. 이 망할 바이러스는 그의 가여운 뇌를 열심히도 망가뜨리고 있었다. 빌어먹을 바이러스. 이 바이러스가 사람이면 당장 엉덩이를 걷어 차버리고 싶은 심정이었다.

얼마 후 뿔피리 소리는 잦아들고 암흑 같은 적막이 흘렀다. 고요한 가운데 뉴트는 문득 떠오르는 생각이 있었다. 뿔피리 소리가 들리기 전, 버그 바깥쪽에서 사람들이 웅성대는 소리가 불규칙적으로 들렸다가…… 그쳤던 것도 같았다.

크랭크Crank(광인)들인가. 지금쯤 덴버 시 성벽 바깥에는 온 사방에 크랭크들이 깔렸을 것이다. 최종 단계인 곤Gone을 지난 자들. 광기에 사로잡힌 크랭크들은 도시 안으로 들어가려고 발악했다. 원시 동물들처럼 그저 먹을 것을 찾기 위해서였다.

뉴트는 어떻게 될까.

그는 계획을 갖고 있었다, 그렇지 않나? 앞으로 어떤 일이 일어날지에 따라 달라질 여지가 있긴 하지만 몇 가지 계획을 세워두었다. 물론 어떤 계획이든 마지막은 똑같았다. 그는 결국 그 단계에 다다르고 말 것이다. 그러니 일기장에 하고 싶은 말을 다 적을 때까지만 버티면 된다. 이 단순한 모양의 텅 빈 작은 공책을 채우기만 하면 된다. 일기를 쓰는 것을 목표로 삼기로 했다. 지난한 인생의 마지막 나날을 나름의 이유와 의미로 채울 수 있겠다는 생각에 약간이나마 의욕이 생기는 것도 같았다. 이 일기는 그가 세상에 남기는 표식이 될 것이다. 제정신일 때, 광기에 잡아먹히기 전에 머릿속에 담긴 생각을 모조리 쥐어짤 것이다.

뽈피리 소리가 무엇을 의미하는지, 누가 뽈피리를 불었는지, 왜 돌연 버그 바깥이 조용해졌는지는 알 수 없었다. 알고 싶지도 않았다. 하지만 그가 나아가야 할 길은 분명했다. 이제 해야 할 일은 토머스와 친구들에게 어떤 식으로 이별을 고하느냐였다.

작게나마 끝을 맺어야 할 필요가 있었다. 토머스에게는 이미 우울한 내용의 편지를 써두었으니, 또 다른 친구에게도 편지를 써야겠다 싶었다.

일기장에서 한 쪽 정도를 찢어내도 괜찮겠다는 생각이 들었다. 한 장을 뜯어내서 앞에 놓고 앉았다. 그러고는 펜을 종이에 거의 닿을 듯 가까이 대놓고 멍하니 있었다. 그러고 있으면 할 말이 완벽하게 떠오를 것도 같았지만, 생각은 흩어진 연기처럼 머릿속을 아무렇게나 떠다닐 뿐이었다. 짜증이 나 한숨을 푹 쉬었다. 이 버그에서 나가 어딘가로 떠나고 싶었다. 다리를 절든 안 절든, 그는 결국 변할 것이다. 대충 생각나는 말들을 몇 줄 끄적거렸다.

그들이 결국 안으로 들어왔어. 다른 크랭크들과 함께 살라고 하네. 그게 최선인 것 같아. 그동안 친구가 되어줘서 고마웠어.
안녕.

사실이 아니었지만 어쩔 수 없었다. 뿔피리 소리, 버그 바깥에서 들려오던 요란한 소리로 짐작컨대 더는 여기 머물 수 없었다. 친구들이 그를 찾으러 오지 않도록 충분히 짧고 무뚝뚝하게 편지를 쓴 게 맞나? 그는 더 이상 희망이 없으며 앞으로의 여정에 방해만 될 뿐임을 친구들이 아둔한 머리로 깨우치도록 확실히 쓴 건가? 미쳐 날뛰며 사람을 잡아먹는 괴물로 변해가는 걸 친구들에게 보여주고 싶지 않다는 뜻을 분명히 전달했나?

상관없었다. 전혀. 어쨌든 여길 떠날 거니까.

장애물이 하나라도 없어야 친구들은 목표를 달성할 가능성이 높아진다.

그러니 뉴트는 여기서 사라져야 했다.

CHAPTER 2

거리는 혼란 그 자체였다. 주사위를 흔들어 아무렇게나 던져놓은 것처럼 무질서했다.

그런 건 두렵지 않았다. 오히려 **평범해** 보이는 풍경이 공포를 자아냈다. 뜨거운 바위투성이 표면이 점차 식고 대양이 더 이상 끓지 않게 된 날로부터 지금 이 순간까지, 세상은 마치 정해진 경로를 따라온 것 같았다. 드문드문 서 있는 교외 주택들은 쓰레기 더미가 되었고, 건물이며 주택 들은 창문이 박살 나고 페인트가 벗겨졌다. 사방에 널린 쓰레기들은 마치 산산조각 난 하늘이 지상으로 떨군 조각들 같았다. 구겨지고 더러워지고 불에 그슬린 온갖 차량들, 원래 자리가 아닌 곳에서 아무렇게나 자라고 있는 풀과 나무 들이 시야를 어지럽혔다. 그중 최악은 '전 상품 반값 세일!'이라며 겨울을 맞이해 세일을 시작하려는 상인들처럼 거리와 앞마당, 진입로를 어슬렁대는 크랭크들이었다.

오래전에 얻은 부상이 악화되어 뉴트는 다리를 더 심하게 절었다. 절뚝거리며 길모퉁이로 걸어간 그는 쓰러진 기둥에 기대어 무겁게 주저앉았다. 그 기둥의 원래 용도가 무엇이었는지는 앞으로도 영원히 알 수 없을 것이다. 괴상하게도 '겨울맞이 세일'이라는 단어가 계속 머릿속을 맴돌았다. 이유는 알 수 없었다. 머릿속 기억이 지워진 지 오래됐는데도 이런 식으로 늘 괴상한 무언가가 떠오르곤 했다. 뉴트와 친구들은 한 번도 보거나 경험하지 못한 세상의 수많은 것들을 떠올렸다. 이를테면 비행기, 축구, 왕과 왕비, 텔레비전 같은 것들이었다. 스와이프(기억 삭제 장치)라는 작은 기계가 머릿속으로 파고 들어와 그들의 정체성을 이루는 구체적인 기억들을 파냈는데, 얼마 전부터 그 기억들이 다시 떠오르기 시작했다.

세상의 종말 같은 풍경을 바라보는 동안에도 무슨 이유에서인지 겨울맞이 세일에 관한 괴상한 생각이 자꾸만 머릿속을 맴돌았다. 이번에는 뭔가 달랐다. 단어 연상이나 일반적인 지식으로 습득한 구시대의 유물이 아니었다. 이건…….

'제기랄.'

이건 진짜 기억이었다.

이 상황을 이해하려 애쓰며 주변을 둘러보았다. 여러 단계의 크랭크들이 거리와 주차장, 어수선한 앞마당을 어기적거리며 돌아다니고 있었다. 저들이 어떤 행동을 하고 어떤 성향을 보이든 감염된 자들이 분명했다. 그렇지 않으면 이런 탁 트인 곳에 나와 돌아다닐 이유가 없지 않을까? 저들 중 일부는 지금의 뉴트처럼 아직 의식을 가지고 있고 정상적인 움직임을 보이기도 했다. 감염 초기라 아직은 이성이 온전하게 남아 있기 때문일 것이다. 시든 잔디밭에 모여 앉아 쓰레기 더미에서 뒤진 음식 찌꺼기를 먹고 있는 가족, 자식을 지키기 위해 산탄총을 들고 서 있는 엄마, 팔짱을 끼고 시멘트 벽에 기대어 서서 울고 있는 여자. 여자의 눈에 담긴 것은 절망이지 광기가 아니었다. 아직까지는. 삼삼오오 모인 사람들이 소리 죽여 웅성거렸다. 혼란스러운 주변을 둘러보며 어떻게든 살 궁리를 하는 것이겠지. 하지만 그들 앞에는 그다지 바람직한 나날이 펼쳐 있진 않을 것이다.

불규칙적인 행동을 하면서 분노, 불안, 우울 같은 감정을 드러내는 것으로 보아, 이 지역을 돌아다니는 이들의 상태는 초기 단계와 마지막 단계 사이의 어디쯤인 듯했다. 어린 딸의 손을 꼭 잡고 교차로를 가로질러가는 한 남자의 모습이 보였다. 공원이나 사탕 가게에 가는 듯 한가로운 모습이었다. 그런데 남자는 교차로 한가운데서 우뚝 멈춰서더니 딸의 손을 놓았다. 그러고는 딸을 낯선 사람 보듯 쳐다보고는 어린애처럼 팔을 휘저으며 엉엉 울었다. 뉴트는 바나나를 먹고 있는 여자 쪽으로 시선을 돌렸다. 저 여자는 어디서 바나나를 구했을까? 여자는 바나나를 먹다 말고 바닥에 홱 던지더니 마치 엎어진 유모차의 아기를 물어

뜯는 쥐새끼라도 본 것처럼 두 발로 바나나를 마구 밟아댔다.

인간과 짐승을 나누는 기준선인 곧 단계를 한참 지난 듯한 자들도 보였다. 열대여섯 살 정도로 보이는 한 소녀가 근처 도로 한가운데에 반듯이 누워 제 손가락을 물어뜯으며 횡설수설하고 있었다. 손가락에서 흘러내린 피가 소녀의 얼굴 위로 뚝뚝 떨어졌다. 피가 떨어질 때마다 소녀는 깔깔 웃었다. 소녀가 누워 있는 곳에서 멀지 않은 곳에는 한 남자가 생닭처럼 보이는 덩이리를 앞에 두고 웅크리고 앉아 있었다. 허옇고 분홍빛을 띠는 것으로 볼 때 생닭이 분명했다. 남자는 그걸 먹지는 않았지만, 눈을 왼쪽 오른쪽 위아래로 연신 굴려댔다. 제정신이 아닌 듯했다. 고기를 **빼앗**으려 드는 멍청이가 있으면 바로 공격할 태세였다. 길 저 아래쪽에는 크랭크 몇 명이 늑대 무리처럼 모여 있었다. 그들은 마치 한 명만 살아 나갈 수 있는 경기장의 검투사들처럼 서로를 물고 뜯고 할퀴며 싸우는 중이었다.

뉴트는 시선을 보도로 떨구었다. 어깨에 메고 있던 배낭을 풀어 두 팔로 안았다. 버그에서 훔친 전기총의 딱딱한 모서리를 손으로 만져보았다. 호르헤가 버그에 모아둔 무기들 중 하나였다. 에너지에 기반한 전기 발사 장치를 얼마나 오랫동안 쓸 수 있는지는 알 수 없었지만 그래도 갖고 있어서 해로울 건 없을 듯했다. 청바지 주머니에는 튼튼한 접이식 칼이 들어 있으니 몸싸움을 할 때 꺼내 쓸 수 있을 것이다.

그랬다. 전부터 생각했던 대로, 주변에 보이는 풍경이 이제는 '새롭고도 평범한' 일상이었다. 그런데 왜 전혀 겁이 나질 않는지 알 수가 없었다. 두려움도, 불안도, 스트레스도, 도망쳐야 한다는 내적 욕구도 전혀 느껴지질 않았다. 미로를 탈출한 후 크랭크들을 몇 번 만났더라? 순전한 공포로 오줌을 지릴 뻔한 적은 몇 번이더라? 어쩌면 지금 뉴트도 크랭크들 중 하나가 되어가고 있기 때문일지도 몰랐다. 광증의 수준이 빠르게 깊어지고 있는 까닭에 두렵지 않은 것일 수도 있었다. 어쩌면 광증이 두려움이라는 인간의 가장 기본적인 본능을 없앴기 때문일 수도 있었다.

겨울맞이 세일에 관한 생각은 대체 뭘까?

위키드WICKED(사악)가 기억 삭제 장치로 없애버린 과거의 기억이 플레어 병이 깊어지면서 다시 돌아오고 있는 건가? 이러다가 종국에는 곧 단계를 넘어가게 될까? 친구들과 영원히 작별을 한 지금, 그는 살면서 가장 지독하고 비참한 절망을 느꼈다. 이전 삶에 대한 기억, 가족에 대한 기억이 지금 머릿속으로 무자비하게 파고들고 있는 거라면, 이 기억을 어떻게 받아들여야 할지 알 수 없었다.

다행히 요란한 엔진 소음 덕분에 점점 깊어지는 우울한 상념의 고리에서 벗어날 수 있었다. 도시에서 멀어지는 도로 쪽에 위치한 길모퉁이에 트럭 세 대가 나타났다. 그런데 그 차들을 트럭이라고 부르는 건 호랑이를 고양이라고 부르는 것과 마찬가지

일 것이다. 그 정도로 규모가 엄청 컸다. 길이가 12~15미터, 높이와 폭은 6~7미터쯤 되어 보였다. 그 트럭들은 중무장을 했고 공격에 대비해 검은 창문에 쇠창살까지 달아놓았다. 타이어 높이만도 뉴트의 키를 훌쩍 뛰어넘었다. 뉴트는 앞으로 또 뭘 보게 될지 궁금해하며 멍하니 그 트럭들을 바라보았다.

트럭 세 대가 동시에 뿔피리 소리를 냈다. 천둥처럼 요란한 그 소리에 뉴트는 고막이 덜덜 떨릴 지경이었다. 버그 안에 있을 때 들었던 바로 그 소리였다. 주변에 있던 크랭크들 중 몇 명이 그 괴물같이 커다란 트럭들을 보고 달아나기 시작했다. 지평선 쪽에서 그들을 향해 다가오는 위험을 감지할 만큼의 이성은 남아 있는 자들인 듯했다. 하지만 대부분은 뉴트처럼 아무것도 모르는 얼굴로 멍하니 서 있을 뿐이었다. 그들은 태어나서 처음 빛과 소리를 접한 갓난아기처럼 트럭에 호기심을 보였다. 뉴트는 트럭과 거리가 상당히 멀었고 그 사이에 다른 사람들이 많아 어느 정도 안전한 편이었다. 가장 안전하지 못한 곳에서 안전함을 느끼며 뉴트는 눈앞에서 벌어지는 일들을 바라보았다. 그 와중에도 배낭의 지퍼를 열고 훔친 전기총의 차가운 금속 표면에 한 손을 얹으며 살길을 도모했다.

트럭들이 저 앞에 멈춰 섰다. 귀청을 찢을 듯한 뿔피리 소리도 잦아들었다. 운전석과 조수석에서 남자와 여자 들이 쏟아지듯 지상으로 내려섰다. 그들은 온통 검은색과 회색 옷을 입었고 몇 명은 붉은 셔츠를 입었다. 다들 방호복을 입었고 머리에는 검은 유리처럼 반들거리는 헬멧을 착용했으며 뉴트의 전기총 따위는 장난감으로 보일 만큼 엄청 기다란 총을 손에 들었다. 그 군인들은 움직이는 자들을 향해 마구잡이로 총을 쏘아댔다. 뉴트는 저들이 사용하는 무기에 대해 전혀 아는 바가 없었지만, 총구에서 터져 나오는 번쩍이는 불빛과 소리에 친구 프라이팬을 떠올렸다. 예전에 프라이팬이 공터 아래쪽 어딘가에서 찾아온 휘어진 금속 조각을 묵직한 막대기로 두들겼을 때 저런 소리가 났었다. 프라이팬은 마지막으로 준비한 성대한 요리가 다 되었다며 저런 소리로 공터 아이들을 불렀다. 지금 저 총에서 진동과 함께 터져 나온 타악! 소리에 뉴트는 뼈까지 흔들리는 듯했다.

보아하니 저들은 크랭크들을 죽이는 게 아니라 일시적으로 마비시키는 중이었다. 바닥에 쓰러진 크랭크들 대부분은 악을 쓰거나 울부짖으며 군인들에게 끌려갔다. 군인들은 크랭크들을 트럭 뒤쪽 짐칸의 커다란 문 앞으로 거칠게 끌고 갔다. 뉴트가 군인들의 맹공격을 지켜보는 동안 누군가 트럭 짐칸의 문을 열어놓았다. 그 문 안쪽은 동굴 같은 유치장이었다. 군인들은 고기도 잔뜩 먹고 우유도 실컷 마시며 살고 있는지 힘이 좋았다. 그들은 크랭크들의 늘어진 몸뚱이를 붙잡아 마치 작은 건초 더미를 옮기듯 어두컴컴한 짐칸 안으로 가볍게 던져 넣었다.

"너 지금 뭐 하니?"

뉴트의 귀 바로 뒤에서 누군가 분명한 발음으로 물었다. 뉴트는 놀라 비명을 질렀다. 그 소리가 어찌나 큰지 군인들이 당장 하던 일을 멈추고 그를 잡으러 올 것만 같았다. 뒤를 돌아보니 어떤 여자가 옆에 웅크리고 앉아 있었다. 쓰러진 기둥 뒤에 몸을 숨긴 여자는 어린아이를 품에 안고 있었다. 세 살쯤 되어 보이는 남자 아이였다.

여자의 목소리에 놀란 뉴트는 심장이 쿵쾅거렸다. 주변이 온통 두려운 것투성이였지만, 버그 밖으로 나와서 이렇게 놀란 건 처음이었다. 무어라 대답해야 할지 판단이 서지 않았다.

"도망쳐야 돼. 저들은 오늘 이 지역을 싹쓸이할 모양이야. 너 자고 있었던 거니?"

뉴트는 고개를 가로저었다. 여기서 도망치는 게 그렇게 중요하다면 왜 굳이 그에게 말을 걸었을까. 뉴트는 얼마 전부터 머릿속에 들어찬 부연 안개 속에서 대답할 말을 찾으려고 애썼다.

"저들을 어디로 끌고 가는 거예요? 전에도 본 적이 있기는 해요. 그러니까 제 말은, 크랭크들을 모아두는 장소가 있단 얘기를 들었거든요. 크랭크들이 사는 곳이요. 거기로 데려가는 건가요?"

여자는 소음을 뚫고 들릴 정도로 목청을 높였다.

"아마 그럴걸. '크랭크 팰리스Crank Palace(광인 궁전)'라는 곳이야."

검은 머리에 검은 피부, 검은 눈을 가진 여자였다. 여자는 뉴트만큼이나 거칠게 살아온 듯했지만, 눈빛을 보니 아직 제정신이었고 다정한 성품도 느껴졌다. 여자의 품에 안긴 아이는 눈을 꼭 감고 제 엄마의 목을 마치 휘어놓은 강철 막대마냥 두 팔로 단단히 감고 있었다. 이렇게 겁에 질린 아이의 모습은 뉴트도 처음 보았다.

"플레어 병에 면역인 사람들이 있대." 뉴트는 '면역'이라는 말에 발끈했지만 여자가 계속 설명하게 두었다. "친절한 건지 모자란 건지, 아니면 큰돈을 받아서인지는 모르겠지만 크랭크 팰리스에서 크랭크들을 돌봐주는 면역인들이 있다는 거야. 더 이상…… 돌보는 게 불가능해질 때까지. 그곳도 거의 다 차서 이제 더는 크랭크들을 거기 넣지 않는다는 얘기도 들었어. 그러니 저 군인들이 지금 크랭크들을 잡아다가 플레어 병 구덩이에 처넣는다고 해도 이상할 게 없지."

여자는 아무리 모자란 놈도 다 안다는 식으로 마지막 말을 내뱉었다. 앞으로 그들이 살게 될 세상의 풍경이 단박에 그려졌다.

"플레어 병 구덩이요?"

"도시 동쪽에서 꾸준히 피어오르는 연기가 뭐겠니?" 하지만 뉴트는 지금까지 연기를 주목해서 본 적은 없었다. "그래서 우리랑 같이 갈 거야, 말 거야?"

"같이 갈게요."

뉴트의 입에서 아무 생각 없이 단어들이 튀어나왔다.

"그래. 다른 가족이 다 죽어서 나도 도와줄 사람이 있으면 좋거든."

여자의 입에서 충격적인 말이 나왔지만 뉴트는 그저 여자와 함께 다니는 게 자신에게도 득이 될 것 같다는 생각이었다. 여자가 그런 말을 하지 않았다면 뉴트는 여자가 함정을 팠다고 의심했을 수도 있었다. 뉴트가 당신은 누구이며, 어디로 가려는 거냐고 우물우물 물어보려는데 여자는 이미 돌아서서 달리기 시작했다. 저 뒤에서는 군인들이 아직 삶이 있지만 축 늘어선 크랭크들의 몸뚱이를 트럭 짐칸에 싣고 있었다. 죽어가는 아이들로 가득한 들판처럼, 고통스러운 울음소리가 귓전을 떠나지 않았다.

뉴트는 가방을 어깨에 메고 끈을 조였다. 전기총이 등뼈에 딱딱하게 와 닿았다. 뉴트는 새로 사귄 친구와 그녀의 가슴에 매달린 어린아이를 따라 뛰기 시작했다.

CHAPTER 3

여자는 미로의 러너^{Runner}(달림이)보다 체력이 좋았다. 허구한 날 종일 미로의 통로를 뛰어다니며 딱정벌레 날개깃과 끔찍한 짐승들이 들어찬 틈새로 길을 찾던 러너보다도 말이다. 어느 시점부터 뉴트는 기운이 쭉 빠져버렸다. 누군가 마법의 그물망으로 덴버에서 산소를 모조리 훔쳐낸 것 같은 기분이었다. 다리가 성치 않으니 달리는 게 쉽지 않았다. 1.5킬로미터쯤 달린 후에야 뉴트는 여자의 이름을 알았다.

"난 키샤야."

여자는 어느 마을의 부서진 잔해 안으로 숨어 들어가 숨을 고르며 말했다. 오래전에 죽은 앙상한 단풍나무 아래였다. 주변에는 아무도 보이지 않았다. 여자가 허리를 굽히고 가슴을 들썩이면서 아이를 바닥에 내려놓고 쉬는 모습을 보며 뉴트는 저 여자도 인간이구나 싶어 마음이 약간 놓였다.

"내 아들의 이름은 단테야. 얘가 말을 안 하는 걸 너도 눈치 챘겠지. 원래 그래. 나도 어떻게 할 방법이 없어. 그리고 얘 이름 은 서사시에서 따왔어."

'무슨 서사시?'

뉴트는 묻고 싶었다. 키샤가 하는 말을 도통 알아들을 수가 없었다. 숨겨진 문 너머의 어떤 기억이 그의 뇌를 두드리는 기분 이었다. 기어 사게 장치기 뇌를 건드리기 선 그가 알고 있던 정 보일까. 그는 단테라는 아이가 어디가 잘못돼서 말을 못하는지 궁금해하지 않으려 애썼다. 정신적 충격을 받은 탓일까? 장애가 있어서? 아니면 그냥 수줍음을 많이 타서? 이들의 사정이 궁금 했지만 물어볼 권리는 없었다.

키샤는 그의 머릿속 생각을 오해한 듯했다.

"지옥의 아홉 개 고리에 관한 시인데, 몰라? 네가 살던 동네 는 책을 별로 안 읽는 분위기였나 봐? 안타깝다. 책으로 얼마나 즐거운 시간을 보낼 수 있는데 그걸 놓치다니. 굉장히 특별한 시 거든."

뉴트도 놈들에게 기억을 뺏기기 전에 책을 읽었을 것이다. 음 식을 먹고 물을 마시는 것만큼이나 분명했다. 하지만 책에서 읽 은 어떤 이야기도 기억나지 않았다. 그런 생각을 하니 기분이 울 적해졌다.

"왜 지옥의 이름을 따서 애 이름을 지었어요?"

그는 분위기를 애써 밝게 해보려고 물었다.

키샤는 바닥에 앉아 꼬마 단테에게 뽀뽀를 했다. 뉴트는 아이가 큰 소리를 내며 울 줄 알았는데, 아이는 여전히 눈을 꼭 감은 채 아무 소리도 내지 않았다.

"지옥의 이름을 따서 지은 게 아니야, 너 바보구나." 키샤는 다정하게 말을 이었다. "지옥을 정의내린 작가의 이름을 따서 지은 거야. 지옥을 가슴에 품고 자신의 것으로 만든 작가거든."

뉴트는 입술을 오므리며 깊은 인상을 받은 척 고개를 끄덕였다. 굳이 거짓말을 소리 내어서 하고 싶지는 않았다.

"진부하지. 나도 알아." 키샤는 뉴트의 표정을 읽은 모양이었다. "사실은 술에 취해서 떠오르는 대로 지은 거야."

뉴트는 숨이 찬 티가 너무 나지 않도록 몇 번 깊게 숨을 들이마시며 그들 옆으로 가 앉았다.

"이해돼요. 요즘은 사람들이 거의 술에 취해 진부하게들 사니까요."

뉴트는 손을 뻗어 단테의 볼을 부드럽게 잡아 쥐며 아이에게 미소 지었다. 놀랍게도 아이는 마주 웃었다. 아이의 입안에 가득한 작은 치아가 오후의 햇살을 받아 반짝였다.

"아, 네가 마음에 드나 봐. 정말 귀엽지? 축하해. 이젠 네가 애 아빠야."

쭈그리고 앉아 단테를 보던 뉴트는 그 말에 놀라 뒤로 벌렁

넘어졌다.

키샤가 소리 내어 웃었다. 새소리처럼 듣기 좋았다.

"긴장 풀어, 바보야. 누가 널 아빠로 보겠니. 농담이야. 신경 쓰지 마. 어차피 한 달 후면 우린 전부 루니 툰Loony Tunes(워너 브라더스에서 제작된 단편 애니메이션들의 총칭—옮긴이) 만화처럼 미쳐버릴 텐데 뭐."

뉴트는 억지로 웃은 것처럼 보이지 않기를 바라며 미소 지었다. 산들바람이 불어와 보도의 낙엽들을 흩어놓았다. 머리 위의 앙상한 나뭇가지들이 서로 부대끼며 타닥타닥 소리를 냈다. 멀리서 여럿이 악쓰고 고함치는 소리가 바람에 실려 왔지만 아직 겁을 먹고 도망쳐야 될 만큼 가깝지는 않았다. 몇 분간은 여기 있어도 안전할 것 같았다.

뉴트는 용기를 내 아까부터 궁금하던 걸 물어보았다.

"가족들이 죽었다고 했잖아요. 무슨 뜻이에요? 가족을 많이 잃었나요?"

"그렇다네, 금발 머리 친구." 키샤는 가벼운 말을 울적하게 내뱉는 재주가 있었다. "내 남편. 두 자매. 형제 하나. 아버지. 삼촌들. 이모와 고모 들. 사촌들. 그리고 또 다른…… 또 다른……."

상대를 '금발 머리 친구'라고 부르는 멀쩡한 세상에 사는 척 말을 시작한 키샤는 더는 말을 이어가지 못했다. 절망에 잠긴 표정으로 고개를 푹 숙이더니 갈라진 보도에 눈물을 뚝뚝 떨어뜨렸다. 그리고 조용히 어깨를 들썩이며 흐느껴 울었다.

"굳이 말 안 해도 돼요."

태양이 뜨겁고 달은 하얀 것처럼 굳이 듣지 않아도 알 수 있었다. 키샤는 또 다른 자식을 잃은 모양이었다. 단테는 외동이 아니었다.

"괜한 걸…… 물어봐서 죄송해요."

'난 눈치도 더럽게 없는 놈이야.'

뉴트는 속으로 자책했다. 이 여자를 안 지 한 시간밖에 되지 않았는데 울리고 말았다.

키샤는 코를 훅 들이마시고는 고개를 젖히고 그를 바라보았다. 뺨을 적신 눈물을 쓰윽 닦아내더니 생각에 잠긴 말투로, 무언가에 사로잡힌 듯 독백처럼 내뱉었다.

"아니, 괜찮아. 부탁 하나만 들어줘. 내가 가족들을 어쩌다가 잃었는지는…… 절대로…… 묻지 말아줘. 우리가 얼마나 오래 살아남든, 나와 하루를 같이 있든 한 달을 같이 있든, 그것만은 묻지 말아줘. 부탁이야."

눈물에 젖은 키샤의 눈이 그를 바라보았다. 미로 밖에서 본 척의 마지막 눈빛만큼이나 지독하게 서럽고 슬픈 눈이었다.

"예, 약속할게요. 맹세해요. 우리가 그런 얘길 할 필요는 없죠. 제가 괜한 걸 물어서."

키샤는 고개를 저었다.

"아니야. 쓸데없는 걱정은 마. 그냥 그런 걸 묻지만 않으면 돼……. 그럼 되는 거야."

뉴트는 고개를 끄덕였다. 당장이라도 허공 속으로 사라져, 이 끔찍하게 어색한 대화를 끝내고 싶었다. 단테는 소리 없이 얌전히 앉아서 제 엄마를 쳐다보았다. 엄마가 왜 이러나 궁금해하는 눈빛이었다. 어린 단테는 자기 가족들에게 일어난 끔찍한 일을 기억하지 못할 수도 있었다.

잠시 침묵하던 키샤가 물었다.

"어떻게 할 계획이니? 네 과거사를 나한테 들려줄 필요는 없어. 그게 공평하지. 그런데 아까 먹고 버린 하드 막대기처럼 왜 길바닥에 누워 있었어? 꼭 그 개새끼들이 널 잡으러 오길 기다리는 것 같던데?"

"저는……." 뭐라고 말해야 할지 알 수가 없었다. "얼마 전에 제가 플레어 병에 걸린 걸 알게 됐어요. 제가 미쳐가는 모습을 친구들에게 보여주고 싶지가 않더라고요. 친구들을 다치게 만들까 봐 무섭기도 했고요. 그래서 친구들을 떠났어요. 작별 인사도 없이요. 감염자들과 함께 살려고 떠난다는 편지만 남겨뒀어요. 아까 얘기하신 그 크랭크 팰리스라는 곳으로 간다는 뜻이었죠. 아, 나중에 내가 완전히 미쳐버린 모습을 보게 되면 나를 죽여달라고 절친에게 부탁하는 편지도 남겨뒀어요……."

키샤는 눈을 크게 뜨고 그를 쳐다보았다. 희미한 햇살을 받은 그녀의 뺨에는 더 이상 눈물 자국이 남아 있지 않았다.

"너무 심했죠?"

키샤는 천천히 고개를 끄덕였다.

"그러게. 너무 심했네. 무슨 말부터 해야 될지 모르겠다. 내가 지금 걱정할 필요는 없는 거지? 내 팔을 당장 뜯어 먹겠다고 달려드는 건 아니지? 내 아이를 잡아먹는다거나?"

키샤가 기침하듯 억지로 웃자 뉴트는 민망해졌다.

"죄송해요. 저는 그냥…… 잘 모르겠어요. 제 상태가 좋질 않아서."

"그래, 누군들 상태가 좋겠니. 어쨌든…… 젠장. 물어볼 게 많은데, 우선 이것부터 묻자. 네 친구들은 너한테서 플레어 병이 옮지 않았어? 덴버 시에서 뭘 피해서 도망친 거니?"

뉴트는 고개를 저었다.

"그건, 설명하자면 너무 길어요."

그는 그간 겪어온 온갖 끔찍한 일들을 누군가에게 털어놓을 준비가 돼 있지 않았다. 바이러스에 면역성이 있는 아이들과 함께 잔인하게 미로에 던져졌다는 얘기도 하고 싶지 않았다. 얘기해 봤자 무슨 소용이 있을까? 어차피 얼마 안 있어 죽든지 곤 단계를 지나든지 할 텐데.

"그래." 키샤는 어린애의 거짓말에 장단을 맞춰주었을 뿐이라는 듯 가볍게 말했다. 아마 그녀는 이런 일을 숱하게 겪어왔을 것이다. "이제 다른 거로 낚아보든가······."

"뭘 낚아요?"

그러자 키샤는 나무라듯 인상을 찌푸렸다.

"듣다 보면 내 농담에 익숙해질 거라네, 젊은 친구."

그는 한 마디 더 하려다 말았다. 키샤는 그보다 기껏해야 열 살 정도 많아 보였지만 그녀가 인상을 팍 쓰면 그는 아무 말도 할 수가 없었다.

"내 말 똑똑히 들어. 감염자들과 함께 크랭크 팰리스에서 살 거라고 말하면서 넌 대체 어떤 곳을 상상했니? 우리가 미쳐가고 있는 중이긴 하지만, 아직 달리는 기차에서 뛰어내릴 정도는 아니잖아. 적어도 내 생각엔 그래. 여기 죽치고 앉아서 그딴 곳에 가고 싶다는 소리나 지껄여 대고 있는 걸 보면, 넌 플레어 병에 걸리기 전부터 이미 미쳐버린 게 아닌가 싶어. 내 앞에서 그런 바보 같은 말은 다시는 하지 마."

더 길게 나무라려던 키샤는 그의 휘둥그레진 눈을 보며 말문이 막힌 듯했다.

"왜? 내 말이 믿어지질 않아?"

뉴트는 앞뒤가 맞지 않는 단어 몇 개를 내뱉은 후에야 조리 있게 대꾸할 수 있었다.

"완전히 맛이 가기 전에 친구들을 떠나고 싶었던 것뿐이에요. 크랭크 팰리스가 어쩌면 저한테 제일 적합한 장소일지도 모르죠. 이미 감염된 불쌍한 사람들과 함께 사는 거잖아요. 거기는 음식이랑 쉼터도 있을 거고, 다들 같은 처지이기도 하고요." 뉴트의 입에서는 마음과 다른 말이 술술 흘러나왔다. "제가 달리 뭘 어떻게 할 수 있겠어요? 덴버에 사는 놈들을 위해 농장에 들어가 소라도 키울까요?"

"소라도 키운다라⋯⋯." 키샤는 말끝을 흐리다가 침묵하면서 고개를 흔들었다. 뉴트의 어리석기 짝이 없는 말에 기가 막힌 모양이었다. "이제부터 널 내 셋째 아이로 생각할게. 알았니? 그렇게 하자? 이런 터무니없는 대화를 계속할 시간은 없어. 다시 길을 떠나야 돼. 밤새 군인들이 돌아다니면서 크랭크들을 붙잡아 아까 그 트럭에다 던져 넣을 거야. 그들은 우리 같은 더러운 쥐새끼들이 자기네 소중한 도시 가까이에 오는 걸 질색하거든."

바닥에서 일어선 키샤는 어린 단테도 일으켜 세웠다. 뉴트는 키샤와 논쟁을 계속할 힘도 없었고 어디로 가고 싶지도 않았지만 하는 수 없이 일어섰다. 아무래도 상관없었다. 어차피 토머스와 친구들이 있는 곳에서 멀어지는 게 그의 주된 목표였다. 지금 무슨 일이 일어난다고 해도 누가 신경이나 쓸까?

키샤는 지평선을 향해 꾸준히 저물어 가는 태양을 가리켰다. 지평선은 집과 나무 들, 머나먼 산줄기에 가려져 있었다.

"여기서 몇 킬로미터만 더 가면 잠을 잘 수 있는 집이 있다는 얘기를 들었어. 그 집에 음식도 있길 바라야지. 크랭크들이 점점 더 개미 떼처럼 도시 주변에 몰려들고 있으니, 도시에서 멀리 떨어진 곳으로 이동하는 게 안전……."

갑작스러운 전기 충전음에 키샤는 말을 멈췄다. 전기총 충전 소리와 흡사해서 뉴트는 두려움을 느꼈다. 고개를 돌려보니 붉은 셔츠 차림의 군인 세 명이 그들 뒤에 서 있었다. 군인들은 버거울 정도로 길어 보이는 무기들을 뉴트와 키샤에게 겨눴다. 밖에 햇살이 남아 있는데도 총의 푸른빛이 시야를 환하게 가렸다.

"손 들어."

군인들 중 한 명의 목소리가 헬멧에 장착된 스피커를 통해 울렸다. 여자인 듯했다. "멀쩡한 사람들 같은데 일단 우리가 테스트해 보고……."

그러자 키샤가 말했다.

"그럴 필요 없어요. 우리가 망할 플레어 병에 걸렸다는 거 알잖아요. 그냥 우릴 보내주세요. 부탁할게요. 저는 아이가 있어요. 보내주시면 도시 반대 방향으로 계속 이동할게요…… 아무도 성가시게 할 일 없어요. 저희는 다시는 도시 가까이로 안 와요. 맹세해요. 이 약속을 못 지키면 제가 성을 갈고 눈에 바늘을 꽂을게요."

"안 되는 거 알잖아. 당신들은 도시에 너무 가까이 왔어. 그러지 말았어야 했는데. 우린 이 거리를 쓸어내야 돼."

분노한 키샤는 괴상한 소리를 냈다. 뉴트가 일찍이 인간에게

서 들어본 적 없는, 크랭크한테서조차 들어본 적 없는 소리였다. 키샤는 가슴속 깊은 곳에서 으르렁거리는 소리를 내며 말했다.

"방금 내가 한 말 못 들었어요? 이 도시에서 **멀리** 갈 거라고 했잖아요. 다시는 우릴 볼 일 없을 거니까."

"어차피 도시에서 멀리 갈 거면 우리 트럭에 당신들을 태워도 상관없겠네?" 군인은 그 말을 강조하듯 무기를 들고 한 걸음 더 가까이 다가왔다. 군인의 총구는 키샤의 머리를 정확히 겨누었다. "이 총을 쏘면 어느 부위를 맞든 기절할 거야. 하지만 머리를 맞으면 상태가 특히 안 좋아져. 일주일은 토하고 물건이 둘로 보이겠지. 좋게 말할 때 쉽게 가자고."

키샤는 고개를 끄덕였다.

"알았어요."

그 후 2초 동안 일어난 일은 너무 **빨랐고** 한편으로는 너무 느리게 느껴져서 뉴트는 얼토당토않은 꿈속으로 순간 이동을 한 기분이었다. 키샤는 마치 마법으로 만들어 낸 듯 난데없이 구식 리볼버(회전식 연발 권총―옮긴이)를 손에 들었다. 키샤가 팔을 들어 총을 **탕**― **탕** 두 번 쏜 순간, 키샤와 얘기를 나누던 군인도 들고 있던 무기를 쏘았다. 그 무기에서 발사된 괴상한 번갯불이 '뚜웅' 소리를 내며 공기를 갈랐다. 소리 없는 벼락이 내리친 듯했다. 푸른색 에너지가 키샤의 얼굴로 곧장 날아갔고 키샤는 당장 죽을 것처럼 고통스러운 비명을 내지르다가 경련하듯 팔다리를 덜덜 떨며 바닥으로 쓰러지고 말았다. 키샤한테서 한 발자 국도 채 안 되는 곳에 있던 어린 단테는 뉴트와 만난 지 처음으로 어린애답게 울어댔다. 모자의 고통에 찬 비명과 울음이 뉴트의 마음속 분노의 가마솥에 불을 붙였다. 걷잡을 수 없는 분노가 혈관을 타고 흘렀다.

뉴트는 태고의 짐승처럼 고함을 지르며 제일 가까이에 있던 군인에게 다가들었다. 도노를 향해 무기를 겨눈 채 멍하니 서 있던 군인이었다. 키샤를 쏜 여군은 총에 맞았는지 배에 난 상처를 손으로 누르며 바닥에 무릎을 꿇었다. 세 번째 군인은 바닥에 널브러졌는데, 총알에 박살 난 헬멧 속에서 붉은 피가 바닥으로 흐르고 있었다. 남자인지 여자인지는 알 수 없었다. 뉴트에게 공격당한 군인은 어쩔 줄 몰라 하며 망연히 서 있던 참이었다.

뉴트는 상대의 가슴팍을 어깨로 밀쳤다. 감촉으로 봐서 남자인 듯한 그 군인은 통신 장비에 대고 조그맣게 소리쳐 지원을 요청했다. 뉴트는 팔로 그자를 잡고 밀어붙였다. 둘은 함께 바닥으로 쓰러졌는데 군인이 먼저 바닥으로 떨어지면서 쿠션 역할을 해주었다. 뉴트는 자신이 비이성적으로 굴고 있음을 인지했다. 터무니없는 분노가 그를 집어삼켜…… 머릿속이 불안정했다. 뉴트는 군인의 배를 타고 앉아 괴성을 내지르며 군인의 헬멧을 두 손으로 잡고 들어 올린 뒤 땅바닥에 내리쩍었다. 몇 번이고 그 과정을 되풀이했다. 급기야 쩍 하고 갈라지는 소리와 함께 군인

의 입에서 마지막 숨처럼 희미하게 울음 섞인 고통스러운 신음
이 터져 나왔다.

군인은 그대로 축 늘어졌다.

뉴트는 가슴을 크게 들썩이며 풀무처럼 가쁜 숨을 빨아들였
다. 이러다 기절할 것 같았다. 하지만 다음 순간 아드레날린이
또 한차례 솟구쳤다. 천하무적이 된 기분이었다. 확 들뜨면서 병
적인 쾌감이 느껴졌다. 아직 현실의 끈을 붙잡고 있었기에 그는
바이러스 때문에 자신이 매일 달라지고 있음을 알았다. 결국 남
은 평생을 이렇게 살게 될 것이다. 분노를 터뜨리며 전율을 느끼
고 즐거워하면서.

그때 무언가가 뉴트의 뒤통수를 세게 후려쳤다. 뉴트가 바람
빠진 풍선처럼 바닥에 철퍼덕 쓰러지면서 전사로서의 짧은 활
약도 끝이 났다. 아주 의식을 잃지는 않았다. 겁에 질려 울어대
는 단테를 옆에 두고 바닥에 쓰러진 키샤의 모습이 눈앞에 보였
다. 몇 초 후 뉴트는 구역질이 치밀어 올랐다.

어차피 이렇게 될 거였는데 버그를 대체 왜 떠났을까?

CHAPTER 4

한 시간 동안 뉴트는 두통과 욕지기, 괴상한 움직임에 시달렸다.

의식은 내내 깨어 있었다. 2분 동안 경험한 과도한 열정은 순식간에 사라졌다. 완전히 소모되어 버렸다. 몸에 남은 에너지가 전혀 없어서, 지원병들이 도착해 그를 처리하는 동안에도 뉴트는 손가락 하나 들 힘도 없었다. 적어도 그들은 뉴트를 키샤, 단테와 따로 분리시키지는 않았다. 서로를 안 지는 얼마 되지 않았지만 그 모자와의 미미한 인연마저 잃는 건 도저히 견딜 수 없을 것 같았다.

덴버 시의 거대한 성벽 근처에서 목격했던 거대한 트럭들에 비하면 이 트럭은 훨씬 작았다. 트럭이 우르르 엔진 소리를 냈다. 군인 두 명이 뉴트를 그다지 품위 없는 모양새로 들어 올려 트럭의 짐칸에 휙 던져 넣었다. 뉴트는 짐칸에 실린 10여 명의 크랭크들 위로 떨어지겠거니 예상했다. 그 크랭크들은 서로 싸우고 할퀴고 트럭에서 내리려 안간힘을 쓰고 있을 것이라 생각했다. 막상 트럭 짐칸의 단단한 바닥에 떨어지자 뉴트는 잠시 숨이 막혔다. 군인들은 키샤도 그의 옆에 던져놓았는데, 키샤 역시 팔다리를 움직일 수 없는 상태로 보였다.

하지만 눈만은 살아 있었다.

그녀의 눈은 의식과 주변 상황에 대한 이해, 순전한 공포로 번뜩였다. 그러니 군인늘이 좀 너 소심스럽게 단테를 그녀 옆에 내려놓자 눈에서 힘이 좀 빠지는 모습이었다. 단테는 계속 울어댔지만 그 울음은 근처의 바위 계곡 사이를 빠르게 흐르는 강물처럼 배경음이 되어버렸다. 단테는 엄마의 어깨에 머리를 대고 엄마의 목을 작은 두 팔로 감쌌다. 키샤의 눈에서 눈물이 흘렀다.

"엄마는 괜찮아." 아이가 그의 목소리를 듣거나 이해할 수 없을 것 같았지만 뉴트는 나지막하게 단테를 달랬다. "엄마는…… 곧 괜찮아질 거야."

그의 입에서 나온 말들은 부서진 종 같은 그의 머릿속에서 짧게 울리다 말았다.

군인 한 명이 그들과 함께 트럭 짐칸에 올라타, 운전석이 있는 창문 쪽에 등을 기대고 쭈그려 앉았다. 군인은 전기총이라기보다 기관총에 가까워 보이는 무기를 손에 들었다. 그걸 보고 뉴트는 섣불리 허튼짓을 하면 안 되겠다는 생각을 했다. 저들에게 또 덤볐다가는 머리에 총알이 박혀 끝장이 날 것이다.

트럭이 우르르 소리를 내며 조용한 동네를 떠났다. 아마 이 지역을 돌아다니던 크랭크들을 싹 청소했기 때문에 조용해졌을 것이다. 아무 죄도 없어 보이는 근처의 집들이 의심스러웠다. 어둑한 집 안에서 찢어진 커튼과 부서진 유리창 너머로 뉴트 일행을 지켜보던 자들이, 이 군인들에게 신고를 했을 수도 있었다. 하지만 놀랍게도, 그런 건 아무래도 상관없다는 기분이었다. 가까운 미래에 닥쳐올 일을 걱정하고 고민하는 뇌의 일부분을 바이러스가 먹어치운 게 아닐까. 아무래도 좋았다. 이 길의 끝에서 그를 기다리고 있는 것은 어차피 광기였다. 기차의 속도를 늦출 방법은 없었다. 광기까지 가는 길이 얼마나 험악하든 신경 쓸 필요는 없었다.

트럭이 달려가는 동안 뉴트는 짐칸 바닥에 등을 대고 누워 하늘을 올려다보았다. 흰 구름이 점점이 낀 푸른 하늘이었다. 구름은 특정한 형태 없이 파란 하늘에 쭉쭉 뻗어 있었다. 마치 화가가 아무런 원칙 없이 대충 붓으로 그어놓은 것 같았다. 20년 전, 세상을 파멸시킨 태양 플레어 현상 때문에 하늘 색깔이 바뀌었다고 어떤 이들은 말했다. 하지만 뉴트의 눈에는 자연스럽게 보였다. 하늘은 세상사에 무덤덤해진 그의 우울한 마음에 약간이나마 위안이 되어주었다. 다시는 충만하고 의미 있는 삶을 살 기회가 없으리라는 데서 오는 우울이 조금이나마 덜어졌다.

얼마 후 트럭이 덜컥 멈춰 섰다. 시간이 얼마나 흘렀을까. 30

분쯤인가. 트럭은 시멘트로 된 두 플랫폼 사이에 서 있었다. 두 플랫폼 모두 트럭 짐칸 가장자리보다 1미터쯤 높았고 가장자리에 강철 난간이 둘러져 있었다. 플랫폼에는 부피가 크고 고압적인 분위기의 보호복을 착용한 사람들이 서 있었다. 일진 사나운 날에 위키드에서 볼 수 있었던 차림새였다. 뉴트는 키샤를 재빨리 돌아보았다. 키샤는 아들을 품에 안은 채 뉴트와 등을 맞대고 누워 있었다. 호흡이 일정하고 등이 꾸준히 오르내리는 것으로 보아 잠든 것 같았다. 뉴트는 안도의 한숨을 내쉬었다.

고개를 들어보니 낯선 자들이 그들을 내려다보고 있었다. 뉴트는 팔꿈치를 바닥에 대고 몸을 일으켜 앉았다. 어떻게 된 건지 물어보려고 입을 여는데 한쪽 난간에서 소방 호스가 나타나 노즐로 뉴트가 있는 곳을 겨눴다. 뉴트는 얼른 입을 다물었다.

물 같은 것이—부디 물이기를 바랐다—소방 호스에서 세차게 쏟아져 나와 뉴트를 흠뻑 적셨다. 수압에 떠밀린 뉴트는 트럭 바닥에 쓰러졌다. 살을 에는 듯 차가운 물살에 절로 비명이 터져 나왔다. 물살이 세기도 했지만 지독하게 차가워서 산성 용액이 닿은 듯 살이 따가웠다. 백만 개의 손바닥이 피부를 후려치는 느낌이었다. 악을 쓰려고 했지만 입을 열면 물이 쏟아져 들어와 숨이 막히고 기침이 터져 나왔다. 이대로 계속 물을 쏘면 뉴트가 죽을 것 같았는지 소방 호스를 겨눈 자는 키샤와 단테에게로 물줄기를 옮겼다. 키샤는 몸을 움츠리며 발버둥을 치다가 최대한 단테를 물줄기로부터 보호하려 들었다. 그 모습을 보니 완전히 정상으로 돌아온 듯 보이기도 했다. 물줄기는 뉴트에게 돌아왔다가 키샤에게 갔다가 다시 뉴트에게 쏟아졌다. 1, 2분 정도 계속되던 물고문이 드디어 끝이 났다. 단테가 높은 소리로 악을 써대는 가운데 뉴트와 키샤는 컥컥대며 물을 뱉고 숨을 골랐다.

"뭐 하는 짓이야?"

키샤가 악을 썼다. 수면 아래 15미터 지점에서 헤엄쳐 와 겨우 물 위로 올라온 사람이 내지르는 것 같은 목소리였다.

물을 쏴대던 남자는 보호복의 헬멧 스피커를 통해 기계화된 목소리로 대답했다.

"최대한 소독을 하기 위한 조치입니다. 미안하게 됐네요. 선택의 여지가 없어서. 아이가 무사하길 바랍니다."

연민이라고는 전혀 담겨 있지 않는 말을 내뱉은 남자가 손을 흔들자 트럭이 덜컥 움직였다. 끼이익 하는 엔진음과 함께 뉴트 일행을 실은 트럭은 다시 출발했다.

트럭이 점점 속도를 냈다. 옷이 젖어서 기온이 15도는 떨어진 느낌이었다. 키샤는 엄마로서의 역할을 충실히 수행하며 뉴트와 단테를 모두 품에 끌어안았다. 격하게 몸을 떨며 한바탕 울어댄 단테는 이제 아무 소리도 내지 않았다. 뉴트는 투덜거리지도 않고 그저 온기를 찾아 키샤의 품으로 파고들었다. 문득 머릿속에 떠오른 여자가 있었다. 이목구비는 보이지 않지만 여자는 빛속에서 그림자로 존재감을 드러냈다. 머릿속이 느슨해졌다. 뇌가 엮어내는 역설이 어찌나 그럴 듯하고 실체처럼 느껴지는지, 도끼로 내리쳐 쪼갤 수 있을 것 같았다. 이러다 조만간 어머니를 기억할 수도 있지 않을까. 어머니를 완전하게 기억했다가, 플레어 병의 광기 속에서 곧 잊게 되겠지.

몇 분 뒤 트럭은 어느 열린 대문으로 달려 들어갔다. 거대한 벽 사이에 위치한 나무판지 대문에 산판 같은 게 붙어 있었는데 트럭 속도가 너무 빨라서 뉴트는 간판에 적힌 글씨를 읽지 못했다. 얼굴에 찰과상과 멍 자국이 있는 사람들이 손에 전기총을 들고 서 있는 모습이 보였다. 방문객을 반기는 표정들은 아니었다. 얼마 후 나무들이 보였다. 그중 절반은 죽었고, 나머지 절반은 튼튼하고 밝은 초록색이었다. 이런 높은 지대에서 세상은 천천히 그리고 꾸준하게 되살아나고 있었다.

트럭이 다시 멈춰 섰다. 워낙 짧은 시간 동안 이동한 터라 머리카락과 옷의 물기는 물론이고 피부의 물기도 그대로 남아있었다. 트럭의 양쪽 문이 동시에 열렸다 닫혔다. 앞으로 시간이 얼마나 남았든 여기가 여정의 끝이라는 느낌, 이제 다른 차나 트럭으로 갈아탈 일은 없으리라는 느낌이 들었다.

"우릴 죽일 거예요?" 키샤는 허공에 대고 떨리는 목소리로 물었다. 뉴트는 키샤가 진심으로 두려워하는 모습을 처음 보았다. "내 아이들을 해치지 마세요."

'아이들.'

사그라져 가는 키샤의 이성이 뉴트를 죽음에서 살아 돌아온 딸로 착각한 건가? 아니면 저들이 아이들을 데리고 있는 엄마에게 관대함을 보이기를 기대하며 일부러 저런 말을 한 걸까? 서로를 부둥켜안고 온기를 나누던 그들 셋은 대답을 듣기도 전에 일어나 앉았다.

군인 두 명이 트럭 짐칸 문 앞으로 다가왔다. 짐칸 문은 아직 열리지 않았다. 검은 유리 같은 반질반질한 헬멧을 쓴 군인들은 마치 영혼 없는 로봇 같았다. 그중 한 명이 이제는 익숙해진 작고 기계화된 소리로, 잡음처럼 낮게 그르렁대듯 말했다.

"내 친구를 죽이고도 이렇게 살아 있다니 운 좋은 줄 알아. 한마디라도 불평을 했다가는 죽여버리겠다. 너희의 죽은 친척들을 두고 맹세하지."

"어머나, 가혹하기도 해라. 오늘 아침에 기분이 영 별로신가 봐요?"

이런 상황에서 농담을 하는 키샤의 배짱이 놀라웠다.

장갑 낀 손으로 짐칸 문짝의 윗부분을 잡고 있던 군인이 손에 힘을 주자 가죽 장갑이 뽀드득 소리를 냈다.

"한 마디만 더 해. 한 마디만. 우리가 명령을 우연히 어긴 게 이번이 처음인 줄 아나 봐? 엄마가…… 협조를 안 해서 죽으면 아이한테는 안된 일이긴 하지."

키샤가 대꾸를 하지 않아서 뉴트는 크게 안도했다. 키샤는 단테의 눈을 바라보며 애써 힘을 내는 듯 보였다.

또 다른 여군이 지시했다.

"트럭에서 내려. 당장. 죽을 때까지 이 지옥 같은 곳을 집 삼아 살아."

여군이 걸쇠를 당기자 짐칸 뒷문이 묵직한 금속성의 덜커덕 소리를 내며 아래로 열렸다.

문득 앞으로 어떻게 살아야 할지 불안해진 뉴트는 두려움에 휩싸였다. 불안감을 떨치려 안간힘을 쓰면서 앞으로 걸어가 지상으로 훌쩍 뛰어내렸다. 흙과 잡초가 뒤섞인 바닥이었다. 대충 둘러보니 나무들이 꽤 많았는데, 글레이드Glade(공터) 초창기 시절처럼 작은 오두막들과 천막들이 아무렇게나 세워져 있었다. 무척 힘든 나날이었지만, 뉴트는 친구들과 함께 살던 옛 시절이 그리웠다.

키샤는 단테를 뉴트에게 건넨 뒤 트럭에서 뛰어내려 뉴트의 옆에 섰다. 뉴트가 단테를 품에 안은 건 이번이 처음이었다. 아니 이렇게 어린 아이를 안아본 것 자체가 처음이었다. 놀랍게도 단테는 울지 않았다. 새로운 환경에 정신이 없어서일까. 쏟아지는 거센 물줄기를 맞지 않아도 될 것 같으니 안도한 것일 수도 있었다. 뉴트도 같은 기분을 느꼈다. 얼음처럼 차가운 물을 얼굴에 맞을 일이 없겠다는 생각 때문인지 희한하게도 세상이 전보다 밝아 보였다.

군인들 중 한 명이 짐칸 문을 다시 위로 올리고 걸쇠를 잠갔다. 나머지 군인들은 말없이 트럭 앞쪽으로 가 문을 열고 운전석 칸에 올라타기 시작했다.

"잠깐만요." 뉴트는 단테를 제 엄마에게 넘겨주며 군인들에게 물었다. "우리더러 어떻게 하라는 거예요?"

조수석에 올라 앉은 군인은 들은 척도 않고 문을 세차게 닫았다. 운전석 쪽으로 간 여군은 뒤도 돌아보지 않고 대답했다.

"아까 말했던 것처럼 살아 있는 걸 다행으로 여겨. 이제 이쪽으로 사람을 보낼 일은 더 이상 없어. 여기도 거의 다 찼거든. 크랭크들 대부분이…… 이미 알겠지만. 어쨌든 잘 살아."

여기가 바로 크랭크 팰리스였다. 뉴트의 뇌에서 맛이 간 일부분이 웃음을 터뜨렸다. 크랭크 팰리스로 가는 건 세상에서 제일 멍청한 짓이라고 키샤가 일러줬음에도 불구하고, 뉴트가 결국 도착한 곳은 바로 여기였다.

키샤는 단테를 품에 안고 가만히 흔들며 여군에게 물었다.

"이유가 뭐죠? 감염자들을 대부분 제거하고 있다면서 왜 우리는 살려둔 거예요? 우리가 한 짓도 있는데?"

키샤의 목소리에 미안한 감정은 담겨 있지 않았다. 전혀.

"그래서 불만이야? 너희가 원한다면 당장이라도 플레어 병구덩이로 데려가고 싶어. 너희는 그런 곳에 가야 마땅한 것들이니까."

뉴트가 얼른 나섰다.

"아니에요, 됐어요. 고맙습니다. 저희가 알아서 할게요."

뉴트는 키샤의 팔을 잡고 트럭에서 멀찌감치 떼어놓았다. 저 군인들과 다시는 엮이고 싶지 않았다. 키샤가 고집을 계속 부리게 됐다가는 여기서 죽든지 플레어 병 구덩이에 떨어져 불타 죽든지 둘 중 하니기 될 듯했다.

"이유가 뭐냐고? 왜 우리한테 말을 안 해주는데?"

키샤는 계속해서 물었다.

여군의 얼굴은 헬멧에 가려져 보이지 않았지만 보호복을 입은 몸의 움직임만 봐도 대략 어떤 표정일지 짐작이 됐다. 좌절, 짜증, 분노가 섞인 표정일 듯했다. 별안간 여군은 몸에 힘을 풀더니 운전석에 올렸던 발을 땅바닥에 내리고 섰다. 그리고 그들을 향해 돌아서서 아무 감정도 담기지 않은 기계화된 목소리로 말했다.

"저 아이 때문이야." 여군은 손으로 뉴트를 가리켰다. "그들은 저 아이가 누군지 알고 있어…… 그분은 저 아이에 대한 정보를 계속 얻고 싶어 하셔. 당신과 당신 자식은 새 친구 덕에 산 거야. 저 아이가 아니었으면 당신들은 구덩이까지 가기도 전에 죽었어. 그러니 여기서 잘들 살아. 짧고 즐겁게."

말을 마친 여군은 운전석에 훌쩍 올라타 트럭을 출발시켰다.

타이어가 돌멩이와 모래를 뒤로 뱉어냈다.

키샤가 물었다.

"저 군인이 누구 얘길 한 거지? '그분'이라는 건 대체…… 누구야?"

뉴트는 점점 조그맣게 멀어져 가는 트럭을 바라보며 고개를 저었다. 마침내 트럭은 나무들이 서 있는 모퉁이를 돌아갔고 더이상 보이지 않게 됐다. 뉴트는 바닥으로 시선을 떨구며 중얼거렸다.

"나중에 얘기해요."

그분.

뉴트는 '그분'이라 불린 여자의 이름을 차마 입 밖에 낼 수가 없었다.

CHAPTER 5

트럭이 떠나고 난 후 뉴트는 주변을 찬찬히 둘러보았다. 군인들로 인한 잠재적인 위험에서 벗어난 후에야 그의 감각이 정상적으로 작동하기 시작했다. 키샤도 잠든 단테를 품에 안고 별말 없이 뉴트와 함께 걸으며 주변을 살폈다.

그들이 던져진 크랭크 팰리스는 나무 몇 그루가 그늘을 드리우고 낙엽들이 땅의 먼지를 약간 덮어주기는 했지만 대체로 먼지가 풀풀 이는 건조한 땅이었다. 거의 모든 방향에 사람이 살고 있는 듯한 구조물이 보였다. 대충 지어놓은 작은 오두막들. 어떤 집은 창문이 아예 없었고 어떤 집의 창문은 박살 나 있었다. 수주일 혹은 수개월 전에 세워진 듯한 다양한 크기의 천막들도 보였다. 천막 입구 옆에는 낡은 소파나 의자 들이 놓였고, 나무에 매어놓은 줄에는 수건이며 빨래들이 걸려 있었다. 낡은 신발들과 쓰레기 봉지들, 작은 탁자들이 여기저기 보였다. 뉴트는 또다시 미로의 초기 시절을 떠올렸다. 여기서 조금만 더 가면 끝이 보이지 않을 정도로 높이 솟은 미로의 돌벽이 눈앞을 가로막지 않을까.

어떤 집들은 아예 버려지거나 사용된 적이 없는 것처럼 보이기도 했다. 뉴트는 키샤와 번갈아 가며 단테를 안고 걸었다. 온갖 모험과 아수라장을 겪은 단테는 곤히 잠들었다. 그들 셋은 커다란 오크나무 두 그루 사이에 위치한 작은 오두막을 찾아냈다. 안으로 들어가 둘러봤는데 집 구경은 20초 만에 끝났다. 방 하나짜리 오두막이라 주방도 욕실도 없었고 누군가의 소유물이나 가구도 없었다. 저무는 해를 기준으로 볼 때, 동쪽을 향해 난 하나뿐인 창문에 유리창이 끼워졌던 흔적이 있었다. 창틀에 뉴트의 엄지만 한 크기의 유리 파편 세 개가 흉물스럽게 남아 있었다.

"완벽하네." 키샤는 빈정대는 목소리로 내뱉었다. "박살 난 창문으로 외풍이 시원하게 들어오겠어. 이런 곳이야말로 집으로 삼을 만하지."

뉴트는 어느새 단테를 안고 등을 토닥이고 있었다.

"소파만 들여놔도 괜찮을 것 같아요. 음식도 구해와야겠어요."

말도 안 되는 상황임을 두 사람 다 알고 있었다. 그들은 여기서 새로운 보금자리를 찾은 가족처럼 행동하고 있었다. 곧 이웃이 비스킷이 담긴 접시와 찻주전자를 들고 찾아올지도 모를 일이었다.

"나가서 좀 둘러볼게요."

말은 이렇게 했지만 정확히 어디를 둘러봐야 할지는 알 수 없었다. 그렇다고 넋 놓고 여기 계속 서 있을 수도 없는 노릇이었다. 아무리 멀쩡해 보여도 이들은 그의 가족이 아니었다. 뉴트는 함부로 남과 한배를 탈 만큼 멍청하진 않았다. 아직까지는 그랬다. 크랭크 팰리스가 어떤 곳인지 좀 더 알아봐야 했다.

키샤가 그를 노려보며 말했다.

"꿈도 꾸지 마."

"뭘요?"

"우릴 버릴 생각 말라고. 우린 네 덕분에 여기 들어왔어. 우리가 널 필요로 하는 만큼 너도 우릴 필요로 할 거야. 우리 이웃은 **말 그대로** 미친 사람들이잖아. 이 집을 찾아내기 전에 다른 집들의 상태가 어떤지는 너도 봤으니 알겠지. 지금은 이웃들이 어디 모여 파티 중인지 모르겠지만 얼마 안 있어 돌아올 거야. 횃불과 쇠스랑을 들고 올지도 몰라."

키샤의 말이 꽤 일리 있게 들렸다. 하지만 뭔가 잘못된 것 같은 느낌이 들어 뉴트는 불안하고 초조했다. 별안간 무어라 설명할 수 없는 충동이 일었다. 어린애가 떼쓰듯, 키샤에게 고함을 지르고 싶었다. 혼자 내버려 두라고, 내 마음대로 할 거라고 악쓰고 싶었다. 다행히 그는 충동을 꾹 눌러 참았다.

"밖을 살펴봐야겠어요." 뉴트는 방어적인 말투가 나오지 않도록 조심스럽게 입을 열었다. "해가 거의 다 지긴 했지만 서둘러 다녀올게요. 일단 먹을 거라도 있어야 되잖아요. 단테가 뭘 먹은 지가 얼마나 됐죠?"

좌절감에 크게 한숨을 쉬면서 벽 쪽으로 걸어간 키샤는 싸구려 판자벽에 등을 기대고 바닥에 주저앉았다. 그리고 단테를 무릎에 가만히 내려놓았다. 단테는 삶이 끝나는 날까지 쭉 그럴 작정인 것처럼 곤히 잠만 잤다.

"아침까지 기다려 줘." 키샤는 목소리가 간신히 들릴 정도로 나지막하게 말했다. "나…… 사는 게 너무 힘들어, 뉴트. 이 어두운 집에 혼자 있는 건 못 견디겠어. 혹시 누가 이 집 앞을 지나가다가 문을 두드리고 부서진 창문 너머로 들여다볼까 봐 너무 무서워. 문짝도 조잡하니 언제든 부수고 들어올 수 있겠지. 무엇보다 네가 밖에 나갔다가 무슨 짓을 당할까 봐 걱정돼. 제발 나가지 마. 아직은 너에 대해 잘 모르지만 눈빛이 선량한 것만은 알 수 있어. 우린 네가 필요해. 날 어머니나 엄마, 할머니 어떤 호칭으로 불러도 괜찮아. 우린 네가 필요해."

혼란스러워진 뉴트는 고개를 흔들었다. 혼란은 얼토당토않은 분노로 변해갔다. 눈을 감고 호흡에 집중하려 애썼다.

'망할 놈의 바이러스.'

어디까지가 피해망상이고 어디까지가 바이러스의 영향인지 구분할 수 없었다. 그저 악을 쓰면서 고릴라처럼 주먹으로 가슴을 치고 싶었다.

"뉴트?" 바닥에 앉은 키샤가 그를 올려다보며 물었다. "말하는 방법을 잊어버렸니?"

그 순간 뉴트는 마음이 차분하게 가라앉았다. 오랜만에 느껴 보는 차분함이었다. 요즘 감정이 극단을 오가고 있어서, 짧은 시간이지만 이렇게 찾아오는 마음의 평화가 반가웠다. 키샤가 앉아 있는 곳까지 걸어간 뉴트는 그 앞에 웅크리고 앉아 품위 있는 미소를 지어 보이려 애썼다.

"맞는 말이에요. 지도도 없이 해는 저물어 가는데 크랭크 펠리스를 혼자 돌아다니는 건 진짜 미친 사람이나 할 짓거리죠."

짧은 정적이 깔렸다. 그들은 상대가 먼저 반응을 보이길 기다리며 서로를 응시했다. 다음 순간, 마치 스위치를 켠 것처럼 두 사람은 웃음을 터뜨렸다. 어이없게도 신나게 웃다 보니 웃음이 점점 커졌다. 코로 킥킥대는 소리까지 내면서 한껏 웃었다. 뉴트는 본인이 방금 전에 한 말처럼 웃긴 말을 마지막으로 들어본 게 언제인지 기억도 나지 않았다. 켜켜이 쌓인 역설의 악순환은 생각해 볼 가치도 없었다.

미친 사람. 뉴트는 미친 사람이었다. 키샤도 미쳤다. 아직 시작 단계에 불과하긴 하지만. 광증의 수준은 날이 갈수록 높아질 것이고, 병이 깊어지면 그들은 별것 아닌 일에도 지금처럼 미친 듯이 웃게 될 것이다.

"음식은 구해다가 뭘 하겠어요?" 뉴트는 미친 듯이 웃다가 말했다. "미쳤는데 뭐 하러 먹어요."

"그렇지?"

키샤가 가까스로 대꾸했다. 키샤가 몸을 들썩이며 웃은 탓에 단테는 어느새 그녀의 무릎에서 바닥으로 미끄러져 아기 곰처럼 코를 골며 자고 있었다. 그 모습에 두 사람의 웃음소리는 더 우렁차게 커졌다. 눈가에 눈물까지 질금거리며 웃다보니 뉴트는 어느새 그날 겪은 무시무시한 일들을 기억조차 할 수 없게 됐다.

어쩌면 미치는 게 그리 나쁜 일은 아닐 수도 있었다.

CHAPTER 6

한밤중에 누군가 그들이 머무는 오두막의 문을 두드렸다.

뉴트는 오두막 한구석에서 한 시간가량 일기를 쓰다가 벽 모서리에 등을 기대고 까무룩 잠든 참이었다. 키샤와 단테는 해가 지평선 너머로 완전히 떨어진 후부터 조용히 코를 골며 자고 있었다. 모자는 나이 차이에도 불구하고 똑같이 깊은 호흡을 했는데 그 모습이 괴상할 정도로 닮아 있었다. 그들의 숨소리를 듣고 있으면 흔들이 선풍기를 켜놓은 것처럼 묘하게 마음이 편안해졌다. 흔들이 선풍기는 뉴트의 머릿속에 떠오르는 수많은 자잘한 기억들 중 하나였다.

기분 좋게 잠이 쏟아졌다. 새 친구들이 나지막하게 코 고는 소리는 그의 꿈속에서 대양의 파도가 잔잔히 부서지는 소리로 바뀌었다. 꿈속에서 뉴트는 해변에 서 있었다. 꿈에서는 아무 일도 일어나지 않았다. 너른 바다와 푸른 하늘, 뜨거운 태양이 있을 뿐이었다. 하지만 별안간 들려온 꾸준히 세게 문 두드리는 소리는 천국 같은 꿈을 꾸던 그에게 전혀 달갑지 않았다. 전갈처럼 생긴 게 한 부대가 모래에서 기어 나와 그의 온몸을 타고 올라온 것 같았다.

눈을 뜨자 어두컴컴한 오두막 안이었다. 꿈의 기운이 걷히기까지 시간이 조금 더 걸렸다. 일렁이던 바닷물은 싸구려 플라스 터으로 된 매끈한 오두막 바닥으로, 푸른 하늘은 희미하게 보이는 천장의 타일들로, 달콤한 바다 공기는 퀴퀴한 오두막 안의 공기로 바뀌었다. 또다시 문 두드리는 소리가 들리자 뉴트는 그제야 잠이 확 깼다.

벌떡 일어나 문을 노려보았다. 그렇게 한참 보고 있으면 마법의 힘으로 나무 문짝 너머를 볼 수 있다는 듯이. 맞은편 벽에서 자고 있던 키샤가 부스럭대며 잠에 취한 눈을 비볐다. 뉴트는 키샤를 깨우고 싶지 않았다. 어째서인지는 알 수 없었다. 논리적이고 합리적이었던 그의 이성 깊숙한 곳에 자리한 모든 본능이 소리쳐 말렸지만 뉴트는 곧장 달려가 문을 열어젖혔다. 침입자의 정체를 문틈으로 확인하지도 않았다. 더 비이성적이었던 것은, 문을 두드린 자의 정체를 알아내기도 전에 문 밖으로 나가 등 뒤로 문을 닫아버린 그의 행동이었다. 어쩐지 그의 인생 최대 목표가 키샤와 단테를 계속 자게 하는 것이 된 듯했다. 그래서 그런 말도 안 되는 행동을 하게 된 것이다.

문을 두드린 사람은 갑작스러운 뉴트의 행동에 놀라 주춤 물러섰다. 문이 딸깍 닫히자 텅 빈 우주 공간 같은 정적이 그들 주변의 나무와 공터를 감쌌다. 바람도 곤충도 짖어대는 올빼미도 야행성 동물도 없었고 그 어떤 소리도 들리지 않았다. 뉴트는 마치 함께 음모를 꾸미는 듯 불안한 목소리로, 방금 머릿속에 떠오른 말을 속삭이듯 내뱉었다.

"빈집이었어요. 가야 된다고 말하면 떠날게요. 저희는 어떤 말썽도 일으키고 싶지 않아요."

또다시 침묵이 흘렀다. 잠기운을 털어내고 정신이 들고 보니 지독하게 배가 고팠다. 배 속에서 꼬르륵 소리가 났다. 그가 입을 열고 난 후 처음으로 낸 소리이기도 했다. 앞에 서 있는 시커먼 그림자 같은 형체를 바라보면서 뉴트는 참을성을 무기로 쓰며 조용히 상대의 반응을 기다렸다. 그대로 1분이 흘렀다.

"그게 사실이냐?"

낯선 남자가 조용히 물었다. 목 안에 돌덩어리라도 들어 있는 것처럼 거칠고 걸걸한 목소리였다.

여기서 무엇을 기대했던 걸까. 사나운 크랭크가 달려들어 칼로 찔러도, 단테를 구하기 위해 마지막 숨을 몰아쉬며 영웅적으로 끝까지 싸워 물리치는 사람이 되어보려 했을까. 뉴트가 생각한 시나리오에 '그게 사실이냐'고 다짜고짜 묻는 남자는 없었다. 뉴트는 바로 대꾸하지 않고 좀 더 참을성 있게 지켜보기로 했다.

낯선 남자는 자기소개도 하지 않고, 사교적인 인사도 없이 또 대뜸 물었다.

"맞냐니까?"

"뭐가요?"

뉴트는 이렇게 되물었지만 쓸데없는 짓이라는 생각부터 들었다.

"네가…… 그들 중 하나라는 거."

남자는 당장 목을 가다듬든지 아니면 응급 수술이라도 받아야 될 듯했다.

뉴트는 호기심보다 짜증이 앞섰다.

"원하는 게 있으면 똑바로 얘기를 하세요."

"아, 미안하다. 미안해." 사과도 뉴트가 예상했던 바는 아니었다. 남자는 계속해서 뜻밖의 말을 하고 있었다. "크랭크 팰리스에 소문이 퍼졌거든. 그래서 확인하려고 왔다. 내 나름의…… 이유가 있어서. 네가 위키드가 테스트하던 아이들 중 하나냐? 소문에 관해 얘기하고 싶으면 말해. 그것과 관련해 온갖 소문들이 다 있거든."

소름이 돋았다. 뉴트는 이곳에서 남들 눈에 띄지 않게, 익명성 속에서 조용히 지내며 안전을 도모하려 했다. 위키드가 그를 비롯한 친구들에게 한 짓을 일반인이 알 리 없다는 생각 때문이기도 했다.

글레이더Glader(공터인)들. 그들을 생각하니 걷잡을 수 없는 슬픔이 밀려왔다. 방문객을 문 앞에 버려두고 집 안으로 들어가야 될 것 같았다.

남자는 어색한 침묵 속에서 다시 입을 열었다.

"얘기하고 싶지 않으면 안 해도 돼. 20년쯤 전에 놈들이 내 조카를 데려갔어. 그 후로 조카한테서 연락이 온 적도 없고 조카에 대한 소식도 듣지 못했어. 내가 무슨 기대를 했는지 모르겠다. 미안하구나."

남자의 다정하고 부드러운 말투가 뉴트를 감정의 깊은 구렁에서 이끌어 냈다. 뉴트는 남자의 얼굴을 보고 싶었지만 너무 어두웠다.

"아뇨, 괜…… 괜찮아요. 그냥 좀 놀라서요. 그런데 사람들이 저에 대해 어떻게 안 거예요? 저희는 오늘 여기 버려졌는데요."

"네가 어느 정도 보호를 받을 수 있도록 고위층이 일부러 정보를 흘렸겠지. 여기 사는 사람들은 대부분 플레어 병 초기 단계라서 너 같은 사람을 건드리지 않는 게 신상에 좋다는 것 정도는 판단할 수 있어."

"뭐라고요? 어째서요? 그리고 조카 이름이 뭐예요?"

이렇게 되물었지만 뉴트는 대답이 별 의미가 없을 수 있다는 생각을 했다. 미로 안에서 아이들은 서로의 진짜 이름을 알지 못했다.

"알레한드로. 그 이름을 가진 남자를…… 아니?"

약간의 흐느낌이 뒤섞인 남자의 목소리가 말끝에서 갈라졌다.

어째서인지 아는 이름이라는 느낌이 들었다. 전에 들어본 적이 있는 것도 같았다. 가슴이 찢어져도 좋으니, 곧 단계를 넘어가기 전에 단 하루만이라도 과거의 기억이 전부 돌아오면 얼마나 좋을까.

어떻게 대답해야 제일 도움이 될지 알 수 없었지만 뉴트는 나지막하게 말했다.

"아는 사람인 것 같아요. 죄송해요…… 놈들이 제 기억을 삭제해 버려서. 하지만 그 남자도 거기 있었던 것 같아요."

그림자처럼 서 있던 남자는 바닥에 털썩 주저앉았다. 무릎부터 바닥에 대더니 급기야 팔꿈치까지 바닥에 대며 엎드렸다. 마치 뉴트를 사제로 대하며 그에게 기도라도 하려는 듯했다. 남자는 성인 남자가 낼 수 있는 제일 큰 소리로 울음을 터뜨렸다.

뉴트는 주변을 둘러보았다. 남자의 울음소리에 반경 800미터 내에 있는 사람들은 물론이고 키샤와 단테도 잠을 깰 것 같았다.

"그곳 생활에 대해 말씀드릴게요. 그럼 좀 도움이 될 거예요." 하지만 이 상황에서 무슨 말을 해도 남자에게 도움이 될 것 같지 않았다. "어딘가에 아직 살아 있을 가능성이 있어요. 저희들 중 몇 명이 거기서 탈출했거든요. 제 친구들이 상황을 좋게 바꾸려고 애쓰고 있어요."

낯선 남자는 그 말에 고개를 들었다. 짧은 순간 남자의 눈동자에 반사된 빛이 보였다. 하지만 남자는 아무 말도…… 하지 않았다…… 아니, 하질 못했다. 남자는 또다시 엎드려 부들부들 떨며 울었다.

뉴트는 이런 삶을 더 견뎌낼 수 있을지 자신이 없었다. 이런 식으로는 불가능했다. 가슴이 무겁게 짓눌렸다.

"저기, 이 얘기는 나중에 더 하기로 해요. 혹시…… 먹을 게 좀 있을까요?"

CHAPTER 7

한밤중에 찾아와 오래전에 잃은 조카에 대해 물어본 낯선 남자. 지금 뉴트는 그 남자가 찾아온 게 더없이 고마웠다. 음식. 찬란한 음식 때문이었다. 나중에 들으니 그 남자의 이름은 '테리'라고 했다. 도저히 상상할 수 없었던 이름이었다. 그의 목소리가 심하게 걸걸한 이유도 듣게 됐다. 젊은 시절 테리는 인후암을 앓았고 수술을 받았다. 세상에 종말이 닥치기 전의 일이었다. 뉴트와 키샤는 크랭크 팰리스에서 이웃과 더불어 처음으로 야외 파티를 함께하면서 이런저런 얘기를 들을 수 있었다.

뉴트가 키샤와 단테를 깨워 상황 설명을 할 때쯤 새벽이 밝아오기 시작했다. 그들은 테리를 따라 그의 판잣집으로 건너갔다. 테리의 집은 방금 뉴트 일행이 머물렀던 오두막과 똑같은 모양새였다. 다만 사람이 산 흔적이 조금 더 있었다. 닳아빠진 의자 몇 개, 벽에 못으로 박아놓은 사람들의 사진 몇 점, 집 안에 배어 있는 체취. 테리, 그리고 그의 아내 마리아와 함께 시원한 아침 공기를 마시며 밖에서 식사를 하게 돼서 다행이었다. 마리아는 말이 없고 연신 초조해하는 표정이었다. 그녀는 앞뒤가 맞지 않는 말을 한 번씩 내뱉었는데, '보라색'이라는 단어를 특히 좋아했다. 이 불쌍한 여인은 남편보다 플레어 병이 확연히 깊어진 상태인 듯했다.

"그들이 며칠 전에 이곳을 아주 포기한 줄 알았습니다."

테리는 구운 쇠고기를 한 입 뜯으며 말했다.

그들은 모닥불을 피워놓고 고기를 막대기 끝에 꽂아 불에 익혀 먹고 있었다. 보기에는 쇠고기와 닭고기 같았는데 뉴트는 정확히 어떤 고기인지 굳이 물어보지 않았다. 어떤 고기든 상관없었다. 맛이 좋아서 뉴트는 벌써 세 조각째 먹고 있었고 앞으로 한참 더 먹을 생각이었다.

키샤는 시커멓게 구워진 쇠고기 내장 한 점을 떼서 단테에게 먹이며 물었다.

"그게 무슨 뜻이에요?"

테리는 어깨를 으쓱했다.

"여기는 원래 일반 시민들을 위한 시설이었어요. 고위층이 자기네 살 궁리만 하면 되던 시절 얘기죠. 이곳에 크랭크들이 가득 차게 돼서 그런지 얼마 전부터 그들은 더 이상 크랭크를 이곳에 버리지 않더군요. 들리는 얘기로는 도시 동쪽에 있는 거대한 구덩이에 몰아넣고 불로 태운다고 합디다. 마리아는 굳이 동쪽 구덩이에서 태우는 이유가 이 지역은 서풍이 잘 불기 때문이라네요. 도시 사람들이 온종일 불에 탄 시체 냄새를 맡기 싫어해서인 거죠."

마리아는 입안 가득 고기를 넣고 씹으며 말했다.

"그들은 보라색이야. 전부 보라색. 그들은 보라색으로 안에 들어가서 보라색으로 나와."

"저기요, 아주머니. 그게 무슨……." 눈을 휘둥그렇게 뜨고 묻던 키샤는 아차 싶은지 말을 멈췄다. 여기서는 사람들이 점차 이성을 잃어간다는 사실을 잠시 잊은 모양이었다. 키샤는 조그맣게 웅얼거렸다. "죄송합니다."

마리아는 모닥불을 바라보며 아쉬운 듯 다시 말했다.

"보라색이야."

굳은살이 박인 손, 가죽 같은 피부, 허옇게 센 머리를 한 마리아는 체구가 탄탄해 보였다. 정수리에 머리가 벗겨지고 머리 길이가 좀 짧다는 점만 빼면 테리도 마리아와 무척 닮아 있었다. 그가 아내라고 소개하지 않았다면 뉴트는 그들을 남매라고 생각했을 것이다.

테리는 키샤가 끼어들어 한 말을 개의치 않고 하던 얘기를 계속했다.

"그러던 차에 여러분이 온 겁니다. 우리는 트럭이 여러분을 내려놓는 걸 봤어요. 놈들이 멍청하게 구는 것도 다 봤죠. 얼마 안 있어 놈들은 트럭을 타고 떠나더군요. 우리는 마을로 달려가 사람들한테 얘기를 했는데, 마을 사람들은 이미 알고 있었어요. 여기 이 아이가 누구인지도요. 시기도 이상했고 분위기도 이상했습니다."

뉴트는 앞으로 다시는 먹지 못할 사람처럼 끝없이 고기를 씹으며 방금 들은 말을 곰곰이 생각했다.

"왜 저한테 신경을 쓰시는지 모르겠어요. 저는 다른 아이들처럼 면역인이 아니에요. 그들은 저를 실험 대조군으로 삼으려고 패거리에 넣어놓았을 뿐이에요. 플레어 병에 걸린 순간, 중요한 인물로서의 제 삶은 끝난 거죠. 어쩌면 그들은 제가 어떤 식으로 죽는지까지 파악해서 아무도 읽지 않을 멍청한 보고서나 작성하려고 저를 지켜보고 있을지도 몰라요."

뉴트는 테리가 말한 마을이 어떤 곳인지 궁금해졌다.

키샤가 입을 열었다.

"여러분도 저희처럼 플레어 초기 단계이신 것 같네요. 곧 단계를 넘어간 사람들도 있나요? 그런 사람들은 어디 있어요?"

이 말을 하면서 키샤는 마리아 쪽을 겸연쩍은 시선으로 흘끗 쳐다보았다.

"상당히 잔혹한…… 상황이에요."

테리는 방금 입에 넣으려던 새카만 쇠고기 조각을 내려다보다가 역거운 표정으로 고기를 아래로 내렸다. 뉴트는 테리가 어떤 정보나 기억 때문에 그렇게 행동했는지 알고 싶지 않았다. 테리가 계속해서 말했다.

"주변에 그런 사람들이 있을 수도 있으니까 조심해야 됩니다. 누가 돌봐주는 경우도 있고, 스스로 알아서 챙기기도 해요. 일주일에 한 번 정도, 고위층 말고 우리 같은 사람들이 모여서 상태가 심하게 좋지 않은 이들을 골라내 크랭크 팰리스 밖으로 몰래 내보냅니다. 그들이 그 사람들을 어디로 데려가는지, 어떻게 처리하는지는 나도 몰라요. 알고 싶지도 않고."

테리는 먹으려다 만 쇠고기를 접시에 도로 담았다. 몇 초 동안 그는 눈물을 애써 참는 듯했다.

타닥타닥 타오르는 모닥불 소리 너머로 키샤가 조용히 중얼거렸다.

"우린 지옥에서 살고 있어요."

뉴트는 피곤했다. 테리는 동트기 두 시간 전에 그들이 머무는 오두막 문을 두드렸다. 그때까지 뉴트가 배불리 잘 먹은 통통한 아기처럼 편하게 잘 자고 있던 것도 아니었다. 깔개 하나 없는 나무 바닥과 낯선 환경 때문에 잠자리는 전혀 편하지 않았다. 뉴트는 눈을 감고 이대로 모닥불 앞으로 기어가 웅크리고 누워 잠으로 하루를 다 보내고 싶었다. 테리의 얘기를 더 듣느니 꿈의 세계를 헤매는 게 나을 것 같았다. 테리가 고기를 보던 눈빛……

곤 단계를 넘어간 크랭크들을 모아 어딘가로 데려갔다는 말을 할 때의 무덤덤한 목소리. 그 모든 게 너무나도 불길하고, 지독하게 우울했다. 그게 바로 뉴트의 미래였다.

키샤가 말했다.

"잠이 오나 봐."

뉴트는 알아들을 수 없는 말을 무어라고 중얼거리며 고개를 끄덕였다.

갑자기 마리아가 비명을 질렀다.

화들짝 놀라 잠이 깬 뉴트는 마리아를 쳐다보았다. 공포로 휘둥그레진 눈을 하고 벌떡 일어선 마리아는 누가 셔츠 등 쪽에 거미 가족을 뿌리기라도 한 것처럼 발작적으로 비명을 토했다. 난동을 부리는 고릴라처럼 두 팔을 마구 휘저었다.

"마리아!"

테리가 소리치며 마리아에게 달려가 그녀의 휘젓는 손을 붙잡고 억지로 다시 바닥에 앉히려 했다. 하지만 마리아는 그를 밀쳐내면서 그의 이마를 쳤다.

"걔는 **보라색**이었어. 왜 이해를 못 해!" 마리아는 부모에게 무언가를 요구하는 어린아이처럼 두 주먹을 옆구리에 붙이고 서서 그들을 노려보았다. "난 걔를 키울 기회도 없었어! 어떻게 그럴 수 있었겠어? 세상이 엉망이 되어버렸는데? 내가 어떻게 그래? 미치는 것보다 보라색이 되는 게 나아! 망할 크랭크에게 잡아먹히는 것보다 보라색이 되는 게 나아! 위키드에게 잡혀가 우리에 갇히는 것보다 보라색이 되는 게 나아! 짐승처럼!"

마리아의 입에서 쏟아져 나온 단어들은 어느 순간부터 불분명한 발음의 미친 소리와 섞여 들어갔다. 마리아는 숨을 몰아쉬며 마지막으로 크게 소리쳤다. 불에 구운 포도처럼 얼굴이 새빨갛게 부풀었다.

"보오오오오라아아아아아새애애애액!"

그러더니 곧장 모닥불로 뛰어들었다. 분노보다는 고통으로 비명을 내지르며 불타는 장작들을 손으로 후려쳤다. 벌겋게 달아오른 숯덩이, 회색으로 변했지만 여전히 강렬한 열기를 머금은 재를 손으로 마구 내리쳤다. 뉴트는 불기운에 마리아의 피부가 녹아내리는 모습을 바로 코앞에서 보았다. 그는 너무 놀라 그 자리에 얼어붙어 도움을 줄 생각은 하지도 못했다. 마리아의 얼굴은 팽팽하게 당겨지고 고통이 극명하게 드러났지만 열기에 무심한 표정이었다.

테리가 힘으로 마리아를 들이받아 모닥불 밖으로 밀어내면서 함께 몇 미터를 굴러갔다. 뉴트는 그들에게 부딪히지 않으려 왼쪽으로 몸을 틀었다. 어깨 너머로 보니 테리는 마리아의 옷에 붙은 잔불을 손바닥으로 쳐서 끄고 있었다. 마리아의 머리카락도 불에 타 시커멓게 그슬렸다. 끔찍한 냄새가 났다.

키샤는 단테를 품에 꼭 안았다. 아무것도 안 보고 있으면 이 모든 광경이 사라질 것 같은지 단테의 얼굴을 자기 가슴에 묻고 눈을 꼭 감았다. 테리는 아내의 몸을 더 이상 손바닥으로 치지 않았다. 아내를 끌어안고 힘겹게 숨을 들이마시며 아내를 내려다보았다. 눈물을 흘릴 뿐 테리는 아무 말도 하지 않았다. 축 늘어진 마리아는 소리 없이 울고 있었다.

뉴트는 속이 쓰렸다. 피로감은 온데간데없이 사라졌다. 마리아가 얼마나 심한 화상을 입었는지는 알 수 없었다, 하지만 분위기를 보아하니 크랭크 팰리스의 거리에, 식료품점과 볼링장 옆에 병원 따위는 없을 듯했다.

테리는 마리아 옆에 구부정하게 앉았다. 책상다리를 하고 어깨를 축 늘어뜨린 채 팔뚝을 무릎에 올린 자세였다. 두 손은 무슨 장식마냥 옆으로 늘어뜨렸다. 테리는 '묻지 마'라고 말하는 듯한 표정으로 뉴트를 흘끗 쳐다보았다.

물어볼 필요도 없었다. 창문에 낀 검댕이 일부 씻겨나간 듯, 마리아의 인생이 어느 정도 들여다보였다. 미쳐서 자식을 죽였는지 아니면 자식을 죽인 일로 미쳐버렸는지, 그건 알 수 없었다. 플레어 병이 얼마만큼 진행됐을 때 그 일이 일어났을까? 알 수 없었다. 무슨 일이 있어도 그런 건 묻지 않으리라 뉴트는 맹세했다.

바닥에서 일어선 뉴트는 모닥불을 빙 돌아 키샤와 단테가 부둥켜안고 있는 곳으로 걸어갔다.

그는 자신 없는 목소리로 키샤에게 물었다.

"괜찮아요?"

키샤는 말없이 고개만 끄덕였다. 단테는 교회에 사는 쥐처럼 조용했다. '교회에 사는 쥐'라는 표현은 뉴트의 머리에 갑자기 떠오른 것이었다. 사랑하지만 기억해 낼 수 없는 누군가에게 백 번도 넘게 들었던 표현인 것 같았다. 기억이 돌아오고 있었다. 머릿속에서 이미지가 떠오르기 시작했다. 뉴트와 비슷하게 생긴 어떤 여자의 이미지였다.

"가야겠어요."

뉴트의 이 말에 키샤는 눈을 들어 그를 바라보았다.

"뭐? 어딜 가?"

"오래 안 걸려요."

그는 더 길게 말하지 않았다.

키샤는 예상과 달리 그를 막지 않았다. 그의 마음을 이해한 듯했다.

"우린 괜찮을 거야."

뉴트는 이미 모닥불을 빙 돌아 저만치 걸어가고 있었다.

CHAPTER 8

10분 정도 걸어가다가 누군가를 보았다. 걷다 보니 곤두섰던 신경이 많이 가라앉았다. 활활 타는 모닥불로 뛰어들어, 피크닉용 테이블에 내려앉은 파리를 쫓듯 불타는 장작과 숯을 손으로 내려칠 만큼 큰 슬픔을 가진 아주머니를 눈앞에서 보았으니…… 산책으로 마음을 달래야만 하는 상황이기는 했다. 아침 공기가 약간 따뜻해졌다. 나뭇잎 사이로 비춰드는 햇살이 땅바닥에 넘실대는 빛의 얼룩을 그렸다. 뉴트는 코로 세 번 깊게 숨을 들이마시고 입으로 내뱉었다. 기분이 조금은 나아진 듯했다.

얼마 지나지 않아 그는 이곳을 대략적으로 파악했다.

크랭크 펠리스라고 하는 지역은 원 형태를 기본으로 설계됐다. 고리 모양으로 구성된 구역들을 중심으로 가장자리에는 순환 도로와 흙길이 자리 잡았다. 중심부로 갈수록 각 구역은 점점 좁아졌다. 구시대의 비행사가 로켓선을 타고 우주로 날아올라 지상을 내려다보면 크랭크 팰리스는 한가운데에 과녁 중심이 있는 거대한 다트 판 모양일 것이다. 지금 뉴트는 바로 그 과녁 중심을 향해 걸어가고 있었다. 그쪽 방향에서 왁자하게 떠드는 소리가 계속 들려왔다.

기억 삭제 장치로 지워진 머리에서 또 다른 기억이 새어나왔다. 텔레비전으로 축구 경기를 보던 기억이었다. 공격수가 골을 차 넣자 청중이 함성을 내질렀다. 생방송 화면이 아니라 오래전…… 엄마가 녹화해 놓은 경기 영상이었다. 그래, 엄마. 그는 그 영상을 본 기억이 났다. 분명히.

그때 들은 청중의 함성이, 지금 과녁 중심으로 한 발 한 발 가까이 갈수록 점점 더 크게 들려왔다. 크랭크 팰리스의 중심부에서 무슨 모임이라도 있는 모양이었다. 많은 사람들이 그곳에 모여, 고대에 대경기장으로 입장하는 검투사를 기다리듯 그를 기다리고 있을지도 몰랐다. 뇌의 현명한 일부분은 그에게 당장 방향을 돌리라고, 테리나 키샤를 설득해 같이 가라고 조언했다. 하지만 그러고 싶지 않았다. 발을 들여놓은 이곳이 어떤 곳인지 당장 알아보고 싶었다.

중심부로 갈수록 동그란 구획은 점점 규모가 작아져 갔다. 작은 오두막, 허름한 막사, 천막 들의 숫자가 줄고 간격도 점점 줄어들었다. 나무 사이에, 쓰레기가 널브러진 땅에도 허름한 집들이 서 있었다. 군인들이 나름의 이유가 있어서 그들을 크랭크 팰리스의 변두리 지역에 내려놓은 것 같다는 생각이 들었다. 그 지역은 개발이 완전히 이루어진 곳이 아니었다. 기획만 하다가 어느 시점에서 개발이 중단된 곳 같았다. 대부분의 집들은 창문이 박살 나 있었는데, 모양새를 보면 유리창이 없어진 지 한참은 되어 보였다. 깨진 유리 조각은 이런 구역에서 주된 무기로 사용될 듯했다.

사람들은 별로 볼 수가 없었다. 여기저기 몇 명이 보이기는 했는데, 서둘러 판잣집으로 들어가 등 뒤로 문을 닫아버려서 뒷모습만 얼핏 보일 뿐이었다. 종종 자물쇠를 잠그는 소리도 들렸는데, 저런 다 쓰러져 가는 집 문에 자물쇠를 채우는 게 무슨 소용일까 싶었다. 길을 걸어가는데 몇몇 눈동자들이 창문 너머로 보고 있는 게 느껴져 두려움으로 몸이 떨리기도 했다. 산책을 나올 때 전기총을 챙겨 오지 않은 게 후회됐다. 배낭 안쪽에 숨겨서 가져왔으면 좋았을 것을. 칼은 가져왔나 싶어 찾아봤지만 생각해 보니 그것도 오두막에 두고 왔다. 혹시 모를 상황을 위해 깨진 유리 조각이라도 호신용으로 챙겨놔야겠다 싶었다.

다음 상념을 머릿속으로 정리하기도 전에 한 남자가 난데없이 그의 앞을 가로막았다. 어디서 튀어나왔는지 알 수 없었다. 남자는 흐리멍덩한 눈빛으로 뉴트를 아니, 뉴트의 몸 너머 무언가를 응시하고 있었다. 딴 세상의 무언가를 보면서 즐거워하는 표정이었다. 저건 마치……

블리스Bliss(축복).

블리스를 할 때의 표정이었다.

두개골 안에서 이성이 딸꾹질이라도 하는 모양이었다. 기억 삭제 장치가 막아놓은 기억의 둑이 바깥으로 잔뜩 휘면서 그의 최근 기억과 뒤섞였다. 뉴트는 블리스가 무엇인지 알았다. 뇌를 파괴하는 병의 영향과 증상을 멈추도록 하기 위해 플레어 병 감염자에게 투여하는 약이었다. 이 남자는 다른 사람 귀에는 들리지 않는 가락을 듣고 있는지 몸을 이리저리 흔들었고 눈빛은 멍했으며 더없이 즐거워 어쩔 줄 모르겠다는 표정이었다. 뉴트는 문득 궁금해졌다. 어쩌면 저 약은 약 기운에 취해 일정 기간 동안 병증에 대해 잊게 만드는 효과가 있을지도 몰랐다. 또 누가 알겠는가? 뉴트는 걸음을 멈췄다가 낯선 남자의 옆을 빙 돌아 다시 나아갔다.

남자가 물었다.

"좀 줄까? 조만간 저들이 이걸 나눠주는 걸 중단한다는 소문이 들리던데. 할 수 있을 때 쟁여두는 게 좋아."

이 약이 필요한 사람이 바로 자신임을 자각한 뉴트는 창피함을 무릅쓰고 말했다.

"그래요, 저도 필요해요. 갖고 있어요?"

남자는 웃음소리 비슷한 괴상한 소리를 냈다.

"안 갖고 있으면 내가 너더러 이걸 갖고 있으라고 했겠냐?"

남자는 또다시 키득거리는 소리를 내며 코를 훌쩍였다.

"돈은 얼마나 갖고 있는데?"

뉴트는 한숨을 쉬었다.

"얼마요? 한 푼도 없어요."

남자는 과장된 자세로 길가로 걸음을 옮기더니 어깨를 펴고 똑바로 섰다. 그리고 한 손을 배에 올리고 다른 손을 등허리에 갖다 댄 다음 허리를 굽혀 우스꽝스럽게 절을 하고는 땅에 대고 말했다.

"방해해서 송구합니다. 그럼 이만."

"저도 이만."

뉴트도 나지막하게 중얼거린 후 스모그처럼 공중에 떠 있는 군중 소음을 향해 나아갔다.

그 후 대놓고 앞을 가로막으며 방해하는 이는 없었다. 하지만 몇 가지 신경 쓰이는 일이 있기는 했다.

어떤 벌거벗은 여자가 가장 낮은 나뭇가지에 기대어 물구나무서 있었다. 여자는 팔과 다리로 거친 나무를 감싸 안은 자세였다. 그 상태로 아무 소리도 내지 않았고, 바닥으로 내려서려는 노력도 하지 않았다. 그 앞으로 서둘러 지나가는 뉴트를 눈으로 쫓을 뿐이었다. 거리에서, 오두막 사이에서 마구잡이 싸움들이 벌어져서 중심 구역으로 가는 동안 지루하지는 않았다. 고리 모양의 거리에 나와 앉은 한 남자는 말할 수 없을 정도로 지저분한 모습이었는데, 등을 꼿꼿이 세우고 앉아 횡설수설하며 부드러운 곡조로 노래를 불렀다. 그 근처에는 두 여자가 아무 말도 않고, 꼼짝도 않고 서로의 눈만 똑바로 바라보고 서 있었다. 그 발밑에는 한 남자가 기쁨에 겨운 표정으로 하늘을 올려다보고 있었다. 눈에 깃든 이유 없는 환희를 보니 블리스를 한 게 분명했다.

이런 풍경은 중심 구역으로 간수를 신해거서 깊음을 떼기기 두려울 정도였다. 마침내 뉴트는 4미터 높이의 벽 앞에 이르렀다. 크랭크 팰리스의 경계선을 이루는 장벽과는 달리 이 벽은 나무판자에 못을 박아 만든 게 아니었다. 시멘트나 치장 벽토 소재였고 예전에 페인트를 칠한 흔적이 보였다. 지금은 파스텔색처럼 연해지고 껍질이 다 일어나 있었다. 아치형 입구 너머에 사람들이 모여 있었다. 벽 너머로 계속 퍼져나가는 소음을 내는 장본인들이었다. 그들은 엄청난 규모의 흥분한 개미 떼처럼 서성대고 있었다. 아치형 입구 위쪽에는 유치원 간판으로나 어울릴 법한 밝은 색 글씨로 된 간판이 붙어 있었다. 어디 다른 데 붙어 있던 걸 떼어다가 이 험악한 곳에 붙여놓은 것도 같았다.

중앙 구역

뉴트는 걸음을 멈추고 간판을 올려다봤다. 그냥 돌아가는 게 좋지 않을까. 오늘 하루 힘든 일을 이미 충분히 겪지 않았나? 무기를 가져오거나 친구와 함께 오는 게 더 안전하지 않을까? 답은 전부 '그래'였다. 하지만 그는 잔뜩 흥분한 이들이 바다처럼 모여 있는 아치형 입구 너머로 이미 발을 디뎠다.

중앙 구역은 상상했던 대로 널찍하고 둥글었다. 위에서 보면 크랭크 팰리스라는 다트 판의 과녁 중심에 해당될 것이다. 중앙 구역의 가장자리를 따라 허물어져 가는 상점, 사무실, 식당 들이 고리 모양으로 배치되었고, 고리 안쪽 방향으로 문이 나 있었다. 대부분은 수년 동안 제대로 된 영업을 하지 않은 듯 보였다. 한때 창문과 문이 있던 자리는 텅 빈 어둠이거나 대충 못으로 두들겨 박은 판자가 붙어 있었다. 유리는 오래전에 사라졌다. 흰 바탕에 검은 글씨로 된, 그럭저럭 알아볼 만한 간판도 몇 개 남아 있었다. '하워드의 호기스: 이 골짜기 최고의 샌드위치!' 같은 간판이었다.

포장된 중심 지구에 수백 명이 모여 있었다. 다들 나름의 활동을 하고 있거나, 어떤 알 수 없는 목적으로 비밀스러운 장소를 향해 급히 가고 있었다. 고성이 연신 터져 나왔고 웃음소리도 여기저기서 들렸으며 떠드는 소리, 언쟁 소리도 계속 들려왔다. 뉴트는 입구에 서 있는 동안에만 싸움을 일곱 건 이상 봤다. 민간인 복장을 하고 일반적인 크기의 전기 총을 든 사람들이 그런 싸움을 종종 뜯어말리곤 했다. 그 사람들은 다른 이들에 비해 건강

하고 체력도 좋아 보였으며 차분하고 좀 더 이성적인 태도를 갖고 있었다. 아마 면역인일 것이다. 플레어 병에 면역인 사람들이 여기서 돈을 받고 일하거나 아니면 순수한 선의로 봉사를 하고 있는 듯했다. 키샤가 처음 만났을 때 면역인에 대해 말했었는데, 뉴트는 그 후 한 시간 동안 크랭크들을 청소하는 군인들한테서 벗어나려 죽어라 도망치느라 자세한 설명을 듣지 못했다.

토머스, 민호, 테리사 같은 면역인들이 더 있다니 기분이 묘했다. 어떤 이유에서인지 몰라도 그들은 플레어 바이러스가 몸에 침투해도 온전한 정신 상태를 유지할 수 있었다. 즉, 면역이 되어 있었다. 통계적으로 따지면 미로 바깥에 그런 사람들이 더 있는 게 이상할 것은 없었다. 가뜩이나 친구들처럼 면역인이 아니라서 심란했는데 여기서 면역인들을 보게 되니 비위가 상했다. 불현듯 일기에 지금의 심정을 적고 싶어졌다. 오늘 밤에 일기를 써야겠다는 생각을 하며 뉴트는 숨을 깊게 들이마셨다. 그는 경이로울 정도로 많이, 빠르게 변하고 있었다. 지금은 감상에 젖은 노인이 된 심정이었다.

그때 오른쪽 주변 시야에서 흐릿하게 무언가 다가오는 움직임이 보여 그는 상념을 떨치고 정신을 차렸다. 중년 여자가 그에게 달려오고 있었다. 주름진 얼굴에 연푸른색 눈, 짧은 머리를 한 여자였다. 여자는 말없이 그의 팔죽지를 툭 치고 계속 달려갔다. 이 거대한 공터에서 이런 일 정도로는 아무도 당황하지 않는 분위기였다.

뉴트는 생각했다.

'크랭크 팰리스에 잘 오셨습니다. 여기가 바로 중앙 구역입니다. 그리고 이게 바로 당신의 미래입니다.'

당장 여기서 도망쳐 키샤와 단테 곁으로 돌아가고 싶었다. 아수라장과는 거리가 먼 작은 오두막 안에 틀어박히고 싶다는 욕구가 별안간 강하게 일었다. 하지만 뉴트는 그런 욕구를 꿋꿋이 무시하고 길을 따라 꾸준히 걸어갔다. 최대한 절뚝거리며 걷지 않으려 애썼다. 용감해지고 싶었지만 예측할 수 없는 일이 너무 많아 두려웠다. 수면에는 파도가 하얗게 부서지고 어둑한 물 밑에는 뾰족한 암초들이 도사린 바다에서 이리저리 떠밀리는 기분이었다.

지금까지 그가 지나쳐 온 상가들은 다양한 용도로 쓰이고 있었다. 그중에는 흘끗 보기만 하고 바로 지나쳐야 하는 곳도 있었다. 이를테면 마약 소굴 같은 곳이었다. 그 외에 비공식적인 식당으로 쓰이는 상점들도 있었는데 크랭크, 음식, 배고픔이라는 불안정의 3대 요소가 모두 갖춰진 곳인 만큼, 으레 전기총을 든 경비원 두 명이 가게 안에서 말썽이 나지 않도록 지키고 있었다.

뉴트는 사람이 별로 없는 식당으로 들어갔다. 한 남자가 그릴 뒤에 서서 고기를 굽고 있었다. 진짜 야외 파티에서 사용할 법한 그릴이었다. 고기에서 피어오르는 연기의 절반 정도가 가게 앞쪽의 열린 창문을 통해 빠져나가고 있었다. 나머지 절반은 가게 천장을 따라 초소형 기상 시스템처럼 부옇게 떠다녔다. 뉴트는 두어 번 기침을 하고는 근처에 서 있는 경비원에게 음식값이 얼마냐고 물었다.

어깨에 전기총을 둘러맨 그 남자는 지루해 죽겠다는 표정으로 음식인지 껌인지를 씹으며 되물었다. 최대한 무례하게 들리도록 애쓰며 내뱉은 한마디 같았다.

"뭐라고?"

"여기 방금 와서요." 뉴트는 이런 상황에서 똑같이 거만하게 굴면 안 된다는 것을 잘 알고 있었다. "그러니까…… 여기서도 돈이 통용되나요? 음식을 사려고 하는데 어떻게 해야 돈을 벌 수 있어요?"

남자가 씹던 것을 꿀꺽 삼켰다. 그 소리가 뉴트의 귀에도 들렸다.

"'정식으로' 돈을 버는 방법이 있냐고? 여긴 돈 같은 건 없어. 다 복지로 굴러가는 거야. 호텔방으로 우편물을 갖다주는 서비스처럼 공짜라고." 남자는 소리 내어 웃다가 뉴트가 같이 웃지 않자 웃음을 멈췄다. "저기 있는 올드 리로이가 고기를 내줄 거야. 저 친구가 이 근방 최고의 요리사거든. 할머니한테 요리를 배운 요리사처럼 솜씨가 아주 좋아. 여기가 아니라도 크랭크 팰리스를 돌아다니면 뭐든 얻어먹을 수 있어. 그러니까 뭐랄까…… 네가 처한 환경을 개선해 보라는 거지. 그래, 그만 가봐. 돈이 없는 걸 보니 가난한 놈인가 보네. 내 말 무슨 뜻인지 알지?"

뉴트는 고개를 저었다.

"아뇨."

"참나, 웃기는 애구나. 금색 털이 난 네 지저분한 엉덩이를 걷어차서 내쫓기 전에 냉큼 저기 가서 음식이나 얻어 먹어. 어서. 더는 크랭크와 말 섞고 싶지 않아."

뉴트는 어떻게 해야 살아남는지 알고 있었다. 누구보다 잘 알았다.

한두 시간쯤 전에 식사를 했지만 그는 기분 좋게 음식 한 접시를 받아서 먹기 시작했다. 이것도 쇠고기였다. 닭고기도 있었다. 크랭크 팰리스는 과일이나 채소 따윈 취급 안 하는 건가. 뉴트는 마지막 고기 두 점을 마저 먹고 반쯤 젖은 낡은 냅킨으로 입을 닦았다. 마침 재미있기도 하고 상황에 적절하기도 한 질문이 머릿속에 떠올랐다.

이들은 소와 닭을 대체 어디서 가져오는 걸까?

생각이 바뀌어 그만 이곳을 떠나기로 했다. 정신을 좀먹어 들어오는 무겁고 불확실한 기운이 싫었다. 그렇다고 오두막으로 돌아가 키샤, 단테, 테리 그리고 팔과 무릎에 화상을 입은 미친 여자와 더불어 불행한 삶을 살아야 할까? 여기서 뭘 하면서 살지? 어떤 계획을 세울 수 있을까? 한동안은 괜찮았는데 기분 나쁜 절망의 손가락이 또다시 그의 심장을 움켜쥐었다. 그래도 앞으로 30분, 한 시간, 아니 하루 동안만이라도⋯⋯ 익숙한 사람들과 함께 있고 싶었다. 그다지 크게 익숙하지 않은 사람들이긴 하지만.

그는 잰걸음으로 걸으며 중앙 구역을 에워싼 순환 도로 끝을 향해 서둘러 발걸음을 옮겼다.

길가에 식당 몇 곳, 그리고 권투 체육관이 보였다. 생각해 보니 길거리 싸움꾼들을 섭외해서 임시로 만든 링에 집어넣고 시합을 하게 만들면 꽤 쏠쏠하겠다는 생각이 들었다. 공예품과 잡동사니를 사고파는 시장도 눈에 들어왔다. 책들이 잔뜩 꽂혀 있고 지저분하지만 쿠션이 있는 의자들을 갖추고 있어 아늑한 분위기를 풍기는 도서관도 있었다. 뉴트는 조만간 여기로 다시 와 봐야겠다고 결심했다. 키샤도 좋아할 것 같았다. 어떤 곳에는 시체들을 잔뜩 쌓아두었다. 처음에는 시체 안치소나 영안실 같은 곳인가 싶어 움찔했는데 다시 보니 시체인 줄 알았던 이들이⋯⋯ 움직이고 있었다. 특이한 복장을 한 그들은 기괴한 음악에 맞춰 바닥에 누운 채로 온몸을 움직였다. 댄스 클럽인가? 종교 집단? 뉴트는 서둘러 그곳을 떠났다.

얼마 후 볼링장이 보여 들어가 봤다. 믿기지가 않았다. 예전에 크랭크 팰리스에 볼링장 같은 게 있을지도 모른다고 속으로 장난처럼 상상한 적은 있었다. 그런데 정말 있었다. 오랫동안 사람들은 볼링 따위를 치지 않고 살았는데. 그저 시답잖은 상상일 뿐이었다. 뉴트는 볼링을 치기는커녕 볼링공을 잡아본 기억조차 없지만 볼링이 어떤 게임인지 알고 있었고, 볼링 치는 사람들의 모습이 머릿속에 기억으로 남아 있기도 했다. 이곳 볼링장은 나무로 된 볼링 레인이 온통 뜯겨졌고 그 잔해가 양옆에 흩어져 있었다. 볼링 핀이 세워져 있던 구석 자리에서 사람들이 불을 피운 흔적이 보였다. 아마 바닥을 뜯어 장작으로 썼을 것이다. 침낭과 담요가 여기저기 놓였고 사람들이 드러누워 있었다. 임시로 불을 피운 흔적이 보여서인지는 몰라도 어둑한 곳인데도 아늑하고 따뜻한 기운이 느껴졌다. 다시금 돌아가고 싶게 만드는 도서관의 분위기와 비슷했다. 적어도 지금 여기서는 아무도 싸우고 있지 않았다.

뉴트는 열린 문을 지나 밖으로 향했다. 문짝은 떨어져 나갔고 녹슨 경첩만 문틀에 매달려 있었다. 마침내 아치형 입구로 걸음을 옮겼다. 사람들에게 부대껴 부딪치고 누군가에게 안기기도 하고 떠밀리기도 하면서 앞으로 나아갔다. 두 번 넘어질 뻔했

느데 한 번은 누군가가 그를 부축해서 일으켜 주었다. 전기총을 손에 들고 뻣뻣한 자세로 선 면역인들은 뉴트를 쳐다보면서 자기네끼리 쑥덕거렸다. 위키드는 이 사람들에게 뉴트가 누구이며 무슨 일을 겪었는지를 왜 알려줬을까. 뉴트가 크랭크들을 위한 최고 인기 클럽에 도착한 게 뭐 그리 대단한 정보일까. 뉴트는 어서 여길 벗어나야겠다는 생각이 들었다. 무엇보다 잠이 고팠다.

마침내 아치형 입구 앞에 다다랐다. 밝은 글씨로 '중앙 구역'이라 적힌 간판 아래를 거의 뛰다시피 지나갔다. 크랭크 팰리스 외곽 지역으로 향하는 비교적 조용한 길에 발을 딛게 되자 마음이 다소 놓였다. 빠른 걸음 정도로 보속을 줄이고 보니 온몸이 땀투성이였고 얼굴은 몇 시간이나 햇볕에 그을린 것처럼 달아 있었다. 정말이지 어서 잠을 자고 싶었다. 이대로 내리 스물네 시간을 자도 좋을 듯했다.

그러다 그는 우뚝 멈춰 섰다.

남루한 차림을 한 크랭크 세 명이 저 앞에 서 있었다. 어디 배관 물품점이라도 털었는지 쇠 파이프를 하나씩 무기 삼아 들고 있는 모습이었다. 그들을 보자 웃음부터 나왔다. 뉴트는 자신이 정말 미쳐가는구나 싶었다. 바보 같고 우스꽝스러웠다. 열 살짜리의 시선에서 본 지구상 최고의 악당들 같은 모습이었다. 그중 한 명은 머리에 반다나를 질끈 묶었고 나름 사악한 웃음을

짓고 있었는데, 영 어색해서 입술이 어디 잘못된 것처럼 보일
뿐이었다.

"내가 지금 이럴 기분이 아니에요."

지금 기분 같아선 이 바보들에게 목숨을 잃어도 괜찮을 것 같
았다. 누가 그게 거짓말이라고 한다면 검사관 앞에서 거짓말 탐
지기로 통과해 낼 자신도 있었다.

하지만 운명은 그가 그렇게 목숨을 포기하도록 두지 않았다.
적어도 아직은 아니었다.

불량배 같은 그들 중 하나가 뉴트 쪽으로 걸어와 1미터 간격
을 두고 멈춰 섰다. 길고 검은 머리카락은 온통 떡 졌고 찢어진
셔츠 틈새로 울끈불끈한 근육이 보였다. 본능과 내면의 경보음
이 뉴트에게 당장 도망치라는 신호를 보냈지만 뉴트는 그러고
싶지 않았다. 뇌 안에서 점점 비중을 키워가는 미친 부분이 뉴트
에게 이대로 팔을 뻗어 저 남자의 코를 주먹으로 치라고, 일단
싸움을 시작한 다음 어떻게든 일이 잘 풀리기를 바라라고 부추
겼다. 하지만 뉴트는 조용히 기다렸다.

남자가 입을 열었다.

"우린 네가 누군지 알아."

거친 외모와는 달리 부드러운 목소리였다. 문득 '꿀성대'라는
표현이 생각나 막 웃고 싶어졌다.

"그럼 어디 말해보든지요. 내가 누군데요?"

놀랍게도 남자는 겸손한 태도로 대답했다.

"우린 그들이 너랑 아이들을 잡아가서 무슨 짓을 했는지 알아. 네가 지독한 일을 겪은 것도 알고 있어. 네가 선택한 것도 아닌데 우리 같은 사람들을 위해 치료제를 찾는 일을 해줬다는 것도. 그래서…… 고맙다는 말을 하려고 왔어. 우리 같은 사람들은 너를 존경해."

뉴트는 무어라 말해야 할지 알 수가 없어 치마 꼭까 삼켰다. 이 남자는 그를 늘씬하게 두들겨 팰 의향은 없어 보였다. 혹시 이건…… 무슨 계략인 걸까? 방심하게 만들려고? 말도 안 되는 소리였다. 저들은 마음만 먹으면 당장이라도 뉴트를 쉽게 제압할 수 있을 것이다.

"미안하다. 큰 도움은 못 되겠지만 그래도 우리는……." 남자는 등을 펴고 턱을 약간 들었다. "우리 중 대다수는 네 편이라는 걸 알려주고 싶었어. 아무도 널 방해하지 않을 거야. 널 방해하려면 우리부터 처리해야 될 테니까. 달리 뭐라고 말해야 될지 모르겠네. 뻘쭘하구만."

뉴트는 고개를 끄덕였다. 가슴이 약간 철렁하기도 했지만 경호원이 생겼다고 생각하니 기쁘기도 했다.

"고맙습니다."

짧게 대답했다. 길게 말했다가는 이 합의가 깨질까 봐 걱정됐다.

남자도 고개를 끄덕이고는 어색하게 주변을 둘러봤다. 여기까지 시나리오를 생각했던 게 아니라서 그런 것도 같았다. 남자는 길가로 물러서면서 동료 둘에게도 똑같이 하도록 손짓했다. 그들은 남자의 지시를 따랐다.

"내 이름은 존시야. 다들 날 그렇게 불러. 앞으로 필요한 게 있으면 말만 해. 우리가 늘 근처에 있을게."

"알겠어요."

쇠 파이프를 쥔 크랭크들을 전적으로 신뢰할 수는 없을 것이다. 하지만 이들을 적으로 돌리고 싶지 않았다. 그것만은 확실했다.

"다시 한번 감사드려요. 정말이에요. 고맙습니다."

남자도 그렇고 그의 동료들도 대답이 없었다. 뉴트는 다시 크랭크 팰리스 가장자리의 길을 따라 걷기 시작했다. 걸어가는 동안 저들의 시선이 등에 꽂히는 게 느껴졌다. 아까 존시라는 낯선 남자는 '우리가 늘 근처에 있을게'라고 말했다.

어쩌면 크랭크 팰리스에 도착한 후 뉴트가 겪은 제일 좋은 일일 수도 있었다.

아니면 제일 안 좋은 일이거나. 둘 중 하나일 것이다.

뉴트는 걷는 속도를 조금 더 높였다.

CHAPTER 10

뉴트는 전날 밤에 잠을 잤던 작고 초라한 오두막으로 돌아갔다. 가는 동안 성가시게 굴거나 말을 거는 이는 없었다. 주변 시야에도 사람이라곤 거의 보이지 않았다. 테리와 마리아가 사는 판잣집에 잠깐 들렀는데 그들은 문 밖에 놓인 남루한 의자에 앉아 있었다. 마리아는 시트를 길게 잘라 만든 임시 붕대로 팔과 다리를 감싼 상태였다. 테리는 뉴트에게 미적지근하게 손을 흔들었지만 시선은 땅바닥에 가 있었고, 마리아는 숫제 눈을 감았다. 무슨 뜻인지 감이 왔다. 지금은 널 환영할 수 없으니 그냥 가라는 뜻이었다.

거처로 정한 오두막에 도착해서 보니 현관문은 닫혀 있었고, 단테가 풀이 듬성듬성 돋아난 흙바닥에 앉아 조용히 돌멩이를 갖고 놀고 있었다. 무서운 생각이 들면서 소름이 돋았다. 키샤는 아이를 이렇게 혼자 내버려 둘 사람이 아니었다. 뉴트는 달려가 오두막 문을 벌컥 열어젖혔다. 아무도 없는 걸 눈으로 확인한 후 뉴트는 심장이 철렁했다. 심지어 집 안에 놓아둔 그의 배낭도 보이지 않았다. 그의 일기장과 전기총도 사라졌다. 키샤의 물건도 보이지 않았다. 전부 없어졌다.

뉴트는 다리에 힘이 빠져 휘청했다. 이러다 기절할 것 같았다. 문틀에 기대어 선 그는 가까스로 숨을 들이마셨다. 키샤는 도대체 어디 간 걸까?

'아니야, 멍청아. 누가 키샤를 잡아가면서 네 물건도 들고 간 거야.'

숨을 훅 들이마시며 단테를 돌아보았다. 단테가 말하는 소리를 들어본 적이 없긴 하지만 그래도 일단 물어보았다.

"단테야, 엄마가 어디로 갔는지 알아? 너희 엄마 말이야. 어디 갔어?"

아이는 대답 없이 지독하게 슬픈 눈으로 뉴트를 올려다보았다. '엄마'라는 단어가 아이의 내면에 어떤 감정을 불러일으킨 모양이었다. 뉴트는 단테에게 이성적 사고라는 개념을 주입하고 싶었다. 주변 세상이 말 그대로 박살 나는 듯했다. 거대한 지진으로 지구가 부서지고 세상이 끝장난 기분이었다.

키샤가 집 근처에 있을지도 모른다는 생각이 퍼뜩 들었다. 얼른 오두막 뒤로 뛰어가 보았다. 어쩌면 키샤는 좀 더 나은 집을 발견했을지도 모른다. 아니면 그런 집을 찾아다니고 있거나.

'그게 아니야, 바보야.'

뉴트는 또다시 자신을 나무랐다. 알게 된 지 하루 정도밖에 안 됐지만 그는 키샤가 아들을 시야 밖에 두는 걸 본 적이 없었다. 뉴트는 단테에게 돌아가 품에 안아 올렸다. 자세가 편안해질 때까지 아이의 위치를 조금씩 바꿔보았다.

"걱정 마. 네 엄마를 찾을 거야."

뉴트는 어디로 가야할지 5초 동안 생각해 보았다. 중앙 구역으로 가야 할까? 아니면 크랭크 팰리스의 출입구로 가야 하나? 후자를 택하는 게 맞을 듯했다. 여기서 더 가깝기도 했고, 가는 길에 크고 작은 오두막과 천막들이 있으니 살펴보면 될 듯했다.

"가자, 꼬맹아."

한 걸음 내딛을 때마다 속에서 견디기 힘든 불안감이 치밀어 올랐다. 불확실성이 주는 압박감으로 심장에 무리가 가는 느낌이었다. 키샤가 어디 있는지, 무슨 일이 일어났는지, 그래서 어떻게 될 것인지를 알아야 했다. 괴로운 마음에 하마터면 단테를 바닥에 떨어뜨릴 뻔했다. 키샤를 찾지 못하면 앞으로 어떻게 해야 할까?

그때 저 앞에 키샤가 보였다.

그 광경은 묘한 감정을 불러 일으켰다. 크게 안도감이 밀려오면서도 미래에 대한 희망은 지구 깊숙한 곳까지 곤두박질치는 듯했다.

키샤는 멀쩡했다. 적어도 겉으로는 그래 보였다. 그리고 혼자였다.

키샤는 뉴트에게 등을 보인 채 휘청대며 느릿하게 걸어가고 있었다. 거대한 나무 벽 사이에 나 있는 출입구까지의 거리는 180미터 남짓이었다. 키샤는 뉴트의 배낭을 어깨에 걸쳤고 자기 짐은 왼쪽 팔꿈치 안쪽에 끼워 넣었다. 오른손으로는 무엇이 들었는지 모를 큼직한 황마 자루를 질질 끌고 있었다. 달팽이처럼 느릿느릿 움직이고 있었기에 키샤를 따라잡는 건 일도 아니었다. 자루에 본인 몸무게보다 더 무거운 물건이 담겨 있는지, 키샤는 두 걸음에 한 번씩 멈춰서 황마 자루를 힘겹게 잡아끌었다.

"키샤!"

뉴트가 소리쳤다. 반응이 없는 걸 보면 그의 목소리를 듣지 못했거나 못 들은 척하거나 둘 중 하나였다. 뉴트는 점점 **빨리** 걷다가 뛰기 시작했다.

"키샤! 거기 서요!"

그녀는 서지 않았다.

키샤를 따라잡은 뉴트는 그 앞으로 가 길을 가로막았다. 그리고 어이없는 결정을 내린 것에 대해 부끄러운 줄 알라는 듯 단테를 앞으로 안고 돌아서서 그녀를 마주 보았다. 그들을 본 키샤가 드디어 멈춰 섰다. 그런데 동요하는 표정이 아니라 감정이라곤 없이 그저 몹시 지친 女성이었다. 머리카락과 피부는 땀에 젖어 있었다.

"키샤." 뉴트는 치받아 오르는 분노를 내리누르며 물었다. "대체 무슨 일이에요?"

키샤는 질질 끌고 가던 황마 자루의 끄트머리를 손에서 놓았다. 그녀의 팔꿈치 안쪽에 끼워져 있던 꾸러미가 팔뚝을 지나 바닥으로 떨어져 먼지를 풀썩 일으켰다. 마침내 키샤는 어쩔 수 없다는 듯 뉴트의 배낭을 어깨에서 풀어 바닥에 내려놓았다. 배낭에 담긴 전기총이 바닥에 닿으며 절그럭 소리를 냈다. 뉴트는 배낭에 담긴 일기장도 무사하다는 느낌을 받았다. 키샤는 허리를 약간 굽히고 서서 숨을 고르다가 속삭이듯 말했다.

"단테를 너랑 같이 두면 무사할 줄 알았어."

키샤의 표정을 본 뉴트는 분노가 가라앉았다. 몹시도 슬픈 얼굴이었다. 그녀의 눈과 입, 귀, 뺨까지 전부 별안간 중력의 법칙을 따르기로 했는지 아래로 축 쳐졌다.

"왜 이래요? 어딜 가는 건데요? 어떻게 단테를 두고 떠날 수가 있어요?"

뉴트는 품 안에서 꿈틀대는 단테를 바닥에 내려놓았다. 단테는 제 엄마에게 달려갔다. 짧은 순간 광증을 이겨낸 듯 키샤는 바닥에 무릎을 굽히고 세상에 하나뿐인 살아 있는 자식을 품에 안았다. 단테도 제 엄마를 꽉 끌어안았다. 키샤의 눈에서 눈물이 흘렸다.

"미안해. 정말 미안해."

키샤는 나지막하게 몇 번이나 말했다.

뉴트는 어떻게 해야 할지 몰라 일단 바닥에 앉았다. 이 이해할 수 없는 상황에 어떻게 접근해야 할까? 무슨 말을 해야 할까? 도저히 모르겠어서 그는 침묵한 채 모자의 상봉을 지켜보았다. 애초에 이런 일은 일어나면 안 되는 거였다. 키샤는 자식을 버리고 떠났다. 그 정도로, 그렇게 빨리 이성이 사라져 버린 걸까?

1, 2분 정도 지났다. 달라진 건 없었다. 키샤는 침묵을 깨고 앞뒤 상황에 맞지 않는 전혀 뜻밖의 말을 두 번 내뱉었다.

"나한테 휴대폰이 있어."

"예?"

"나한테 휴대폰이 있다고."

CHAPTER 11

뉴트는 휴대폰을 가져본 적이 없었다. 머릿속 기억이 지워진 괴상한 상태지만 이따금씩 떠오르는 여러 기억의 파편들과 마찬가지로, 휴대폰에 대한 기억도 그의 머릿속에 떠올랐다. 종말이 닥치기 전 세상에서는 무척 흔했던 물건이었다. 하지만 지금 휴대폰은 과거의 유물이 됐고, 이 망가진 세상에서는 유선 전화나 무선 통신이 대세였다.

키샤는 아이를 두고 떠난 것에 대해, 뉴트의 물건을 훔쳐 출입구로 가고 있던 것에 대해 설명하려 애쓰는 표정이었다.

"알았어요." 뉴트는 이렇게 말하며 팔꿈치를 다리에 올리고 앞으로 몸을 기울였다. 앙상하게 마른 팔꿈치가 뉴트의 책상다리를 한 다리 한쪽을 꾹 눌렀다. "휴대폰이 있다고요. 그래서⋯⋯ 그게 뭐요? 휴대폰이 있으니까 아줌마가 위키드를 위해 일한다는 뜻으로 알라고요? 아줌마가 나를 연구하려 드는 못된

의사 밑에서 일하는 악독한 대리인이라도 돼요? 악명 높은 글레이더 중 하나예요? 그래요?"

연달아 질문을 던지자 키샤는 그제서야 현실로 돌아온 듯했다.

"뭐? 그게 무슨 소리야?"

"왜 아줌마가 휴대폰을 갖고 있냐고요?"

재차 묻는 뉴트는 속이 부글부글 끓었다.

키샤는 어깨를 으쓱했다.

"남편이 훔쳤어. 한 달쯤 전인가…… 그 얘긴 됐어. 그 얘긴 절대 안 할 거야, 알겠니?"

"알겠어요. 절대 말 안 하겠다니까, 안 물어볼게요."

"그래." 키샤는 한참 동안 그를 바라보았다. 단테도 마찬가지였다. 그러다 단테가 히죽 웃자 뉴트는 약간이나마 기분이 풀렸다. "어쨌든, 중요한 건 나한테 휴대폰이 있다는 거야."

뉴트는 답답해서 두 손을 위로 올렸다.

"그게 **왜** 중요한데요, 키샤?"

"작동하니까. 배터리를 아끼느라고 하루에 한 번씩만 켜보고 바로 꺼. 이 망할 것을 충전할 수 있는 때가 몇 번 없고 간격도 길어서."

뉴트는 뭔가 짚이는 게 있었다. 키샤가 휴대폰 이야기를 왜 꺼냈는지 알 것 같았다. 다급해진 그는 숨도 잘 쉬어지지 않았다.

"누가 전화를 했어요? 문자를 보냈어요?"

키샤는 고개를 크게 끄덕거렸다.

"맞아, 그랬어, 뉴트. 확실히 그랬어."

키샤가 더 설명을 안 하자 뉴트는 또다시 답답하다는 듯 두 손을 위로 뻗어 올리며 물었다.

"그게 누군데요?"

키샤는 한숨을 푹 쉬더니 고개 숙여 단테의 머리에 입을 맞췄다. 그리고 다시 쳐다봤는데, 뉴트가 보기엔 속으로 중대한 결심을 하는 듯했다. 저렇게 심하게 애를 쓰다가 그나마 정상 작동되는 머릿속 실린더가 다 망가져 버리지는 않을까. 예전에 뉴트의 아빠가 그랬던 것처럼……

아빠가 종종 했던 얘기였다. 뉴트의 머릿속에 문득문득 과거의 이미지가 떠올랐다. 사람들의 모습도 희미하게 보였다. 아빠, 엄마, 그리고…… 여동생. 그는 눈을 질끈 감고 격하게 고개를 흔들었다. 지금 이러면 안 된다. 이게 제정신으로 하는 생각인지도 알 수 없었다. 미치고 싶지 않았다. 아직은.

"괜찮아?"

키샤가 물었다. 웃겼다. 이제 이 아줌마가 그를 걱정하고 있었다. 미친 사람이 미친 사람 걱정을 하다니.

그는 나지막하게 대답했다.

"예. 괜찮아요."

"나 대신 단테를 좀 돌봐줘."

뉴트는 사납게 눈을 떴다.

"단테를 돌봐주라고요? 미쳤냐고 묻고 싶지만 답을 아니까 묻진 않을게요."

"선뜻 받아들이기 힘든 부탁인 거 알아. 그래서 단테한테 음식을 주고 거기 두고 떠난 거야. 네가 곧 돌아올 걸 아니까. 네가 못하겠으면 테리와 마리아에게 맡겨줘. 음식을 꽤 많이 찾아내서 배낭에 담아 오두막 바로 뒤에 묻어놔서 내가 써놓은 편지를 못 봤나 보구나. 거기 다 써놨는데."

"못 봤어요." 뉴트는 목소리에 힘이 빠졌다. "편지 같은 건 본 적도 없어요." 뉴트는 키샤가 끌고 가던 황마 자루를 고갯짓으로 가리키며 물었다. "저기도 먹을 게 들어 있죠?"

키샤는 고개를 끄덕였다.

"대체 무슨 일을 벌이고 있는지 말해줄래요? 아들을 버리고 떠난 이유를 도저히 납득할 수가 없어서 그래요. 제 물건을 훔친 건 말할 것도 없고요."

키샤는 잠시 그를 바라보며 질문 내용을 곱씹었다.

"좋아. 일단 저 나무 밑으로 자리를 옮기자. 여기서 계속 이러고 있으면 참견하기 좋아하는 면역인들이 전기총을 들고 나타나서 지금 네가 한 것보다 더 멍청한 질문을 해댈 것 같아."

뉴트도 동의하는 바였다. 뉴트는 키샤를 도와, 길 쪽에서 거의 보이지 않는 그림자 진 곳으로 물건들을 옮겼다.

그리고 최대한 비난조로 말했다.

"제 질문이 멍청하다고 한 것부터가 아줌마가 제정신이 아니라는 증거예요. 아줌마는 자식을 버리고 떠났어요. 그러니까 난 내가 원하는 대로 멍청한 질문을 할 권리가 있다고 생각해요."

"그래, 아까 그 말은 농담이야. 진짜야. 세상이 망했어도 농담은 하고 싶더라. 미안."

물건들을 굵은 나무 옆에 가져다 놓은 뉴트는 땅바닥에 주저앉아 거친 천으로 된 배낭에 등을 기댔다. 키샤도 단테를 품에 안고 옆에 와 앉았다. 화창하고 따뜻한 날씨지만 산들바람이 불어와 뉴트의 피부에 솟은 땀을 식혀주었다.

"네 옷이랑 일기는 안 가져왔어. 그건 오두막 뒤에 묻어놓은 배낭에 들어 있어."

뉴트는 고개를 절레절레 흔들었다.

"알겠어요. 하지만 그렇다고 단테를 버리고 떠나도 되는 건 아니죠. 상황이 더 악화될 뿐이라고요! 제 걱정을 했다는 건 그나마 제정신으로 사고한 것 같은데, 단테는 생각도 안 한 거잖아요? 그러니까 내 말은…… 이걸 뭐라고 말해야 될지 모르겠어요."

"그래, 알아들었어, 뉴트. 난 형편없는 인간이야. 이제 내 얘길 들어볼래?"

"그래요, 키샤. 어디 한번 얘기해 봐요. 얼마든지 들어줄 테니까."

키샤는 그를 빤히 쳐다보다가 입을 열었다. 그의 빈정대는 말투를 걸고 넘어질 여유도 없는 듯했다.

"아까 단테를 데리고 여기 왔었어. 그런데 면역인들이 나더러 여길 떠날 수 없다고 하는 거야. 빌고 또 빌었는데도 안 된대. 그들은 빌고 있는 나를 쳐다보면서 재미있어 하더라. 여기서 애가 없어진 걸 상관이 알게 되면 자기네는 일자리를 잃고 감옥에 가게 될 거래. 애들은 미래의 기둥이라나 뭐라나, 개소리를 지껄이더라. 난 완전히 꼭지가 돌았어, 뉴트. 마음이 정말 급했거든. 애를 여기 두고 나갔다 오겠다고, 틀림없이 돌아오겠다고 약속할테니 내보내 달라고 했어. 애를 여기 담보로 맡겨두고 나갔다 오겠다고 한 거야."

"담보라."

키샤는 고개를 끄덕였다.

"그런데 나가려면…… 뇌물을 바쳐야 한대. 자기네 부탁을 들어주든지 돈 같은 걸 바치든지. 그래서 난 이 집 저 집 돌아다니면서 음식을 최대한 훔쳐서 챙겼어. 그리고 우리한테 없어도 될 것 같은 물건들도 챙겨 들고 온 거야. 네 칼이랑 일기장, 옷 같은 건 안 건드렸어. 이 잡동사니들이랑 음식, 전기총 같은 걸 뇌물로 바치면 여길 나갈 수 있을 거야."

키샤는 뉴트가 등 뒤에 놓아둔 배낭과 황마 자루를 손으로 가리켰다.

뉴트는 키샤가 한 말 중 일부기 암시하는 것 때문에 듣기 거북했지만 그가 관여할 일은 아니었다. 하지만 의향도 물어보지 않고 멋대로 단테를 맡겨놓고 떠나는 건……. 일단 그 문제는 나중에 따져보기로 했다.

"그래요, 잘 들었어요. 그런데, 키샤, 무슨 일을 벌이려는 거예요? 정확히 어디로 갈 생각인데요?"

"이게 또 참 슬픈 얘기야, 뉴트. 내가 상상할 수 있는 제일 슬픈 얘기이기도 해. 꾸며내려고 해도 도저히 불가능할 만큼. 그런데도 듣고 싶니?"

조금 전이었으면 듣겠다고 고집했을 테지만, 지금은 확신이 서지 않았다. 하지만 선택의 여지가 없었다.

"짧게 얘기해 주세요."

키샤는 코웃음을 쳤다.

"짧게? 그래, 해보자. 변변찮은 삶을 사는 동안 내가 사랑했던 모든 사람을 빌어먹을 남편 새끼가 거의 다 죽였어. 짧고 재미있지?"

뉴트는 그녀의 눈을 마주 볼 수가 없었다. 단테를 다른 사람에게 맡기든지, 담장 너머로 일단 던져놓고 나중에 그리로 가서 데려가든지 하면 되지 않을까? 뭔가, 다른 이유가 있었다. 뉴트는 키샤의 나머지 얘기를 받아들일 수 있을 것 같지가 않았다. 더는 알고 싶지도 않았다. 단테만 아니면, 이 터무니없는 게임

따위 때려치우고 그냥 일어나서 가버리면 그만이었다. 남의 고
통을 이렇게 내 것으로 받아들이고 싶지가 않았다.

뉴트는 애써 입을 열었다.

"그럼 더더욱 단테를 버리고 떠나면 **안 되잖아요?** 무슨 일이
있어도?"

"내 딸이 살아 있어, 뉴트. 똑똑히 잘 들어. 내 딸이 지금 우
리 오빠랑 함께 있대. 몇 시간 전까지만 해도 나 ㄱ 두 사람이 수
주일 전에 죽은 줄 알았어. 그 얘기는 입 밖에 내고 싶지도 않아.
이 우주가 아주 맛이 가서, 내가 괜한 말을 꺼냈다가 혹시라도
정말 그렇게 돼버릴까 봐 무서워. 그럼 악마는 배꼽이 빠지게 웃
겠지. 저 위에서 하느님도 낄낄댈 테고. 신이시여 자비를 베푸소
서, 아멘, 할렐루야."

"키샤?"

그녀는 눈물 고인 눈으로 뉴트를 바라보았다.

"왜."

"말이 이상한 데로 새고 있잖아요. 지금 정신 상태는 어때요?"

"머릿속이 온갖 개소리로 꽉 차 있어, 뉴트. 그래도 여길 나
가서 딸을 만나야 돼. 다른 선택지는 없어. 무슨 뜻인지 알겠니?
없다고. 하루 정도, 어쩌면 그보다 더 적게 걸릴 수도 있어. 단테
도 그 정도 시간이면 혼자 둬도 살아남을 수 있겠지. 그만한 위
험을 감수하고라도 딸을 꼭 찾아서 여기로 데려와야 해. 남은 시

간 동안…… 함께 살아야 하니까."

뉴트는 그녀의 계획에 동의할 수 없었다. 동의는커녕 이해도 되지 않았다. 지금 제정신으로 하는 소리인가 싶었다. 이 거창한 얘기 이면에 무슨 동기를 감추고 있는지 모르겠지만, 그 동기마저도 제정신이 아닌 상태에서 떠올린 것일 공산이 컸다. 단테를 두고 떠나려 한 키샤의 생각이 옳다고는 도저히 말할 수가 없었다. 하지만 그 역시 불가능할 것 같던 선택을 수차례 해가며 지금까지 살아오지 않았나? 그게 사실이었다.

"뇌물을 주고 여길 나가서 오빠를 찾으려는 계획이었다 이거네요. 오빠가 데리고 있는 딸을 찾아서 여기로 데려오겠다고요? 딸이 여기보다는 삼촌이랑 사는 게 더 나을 거란 생각은 안 들어요?"

괜한 말을 한 걸까. 괴로워하는 키샤의 표정에 뉴트도 마음이 아팠다. 이 여자가 비이성적인 세상에서 이성적인 판단을 하길 기대한 게 잘못 아닐까. 망할 플레어 병에 걸려 하루하루, 어쩌면 시시각각 미쳐가는 여자일 텐데.

"그렇게 간단하게 결론을 내리니 넌 참 속도 편하겠다." 키샤는 씁쓸하게 말을 이었다. "미안하지만, 내 자식들에 관한 문제는 내가 결정해. 내가 돌아올 때까지 단테를 돌봐줄 거야, 말 거야? 싫으면 단테를 테리와 마리아한테 데려다줘. 난 이만 가볼게."

키샤는 아들을 엉거주춤하게 안고 일어섰다. 대담하게 말을 내뱉었지만 자식을 남에게 맡기고 떠나는 게 아직도 내키지 않는 듯했다. 뉴트는 다음에 뱉을 말을 나중에 후회하지 않기를 바랐다. 그의 머리는 지난 며칠 동안의 경험에 근거해서, 믿을 수 없을 정도로 빠르게 생각의 고리를 엮어가고 있었다.

"좋은 생각이 있어요. 딸 이름이 뭐죠?"

키샤는 눈썹을 치켜떴다. 표정을 보니 그의 무모한 생각에 동조할 것 같은 분위기는 전혀 아니었다.

"재키. 열 살이야. 그래서 뭐?"

"일단 앉아서 1분만 얘기를 들어주세요. 아니, 2분요. 그 얘기를 듣고도 떠나겠다고 하면, 아줌마가 돌아올 때까지 내가 목숨 걸고 이 꼬마를 지켜줄게요."

키샤는 자존심 때문인지 잠시 고민하는 척하다가 그의 요구에 따랐다.

"좋아. 1분 30초 줄게. 해봐."

키샤는 억지로 과장되게 점잖은 척을 하며 미소 지었다.

뉴트는 머릿속에 떠오르는 대로, 최대한 빠르게 설명했다.

"아줌마가 지금 말한 것보다 훨씬 더 힘들게 살아온 거 알아요. 정말 고생 많았어요. 유감이에요. 진심으로. 제가 아줌마 일에, 특히 자식 일에 이래라저래라 할 권리는 없죠. 하지만……
딸을 데리고 여기로 돌아오는 것보다 아줌마가 오빠랑 재키가 살고 있는 곳으로 가서 같이 사는 편이 훨씬 나아요. 저도 망할 중앙 구역을 보고 나서 뭔가 해야겠단 생각을 했어요. 지금은 묻지 마세요. 나중에 자세히 말해줄게요. 어쨌든 우리 모두 이 일을 해내야 해요. 도움을 받아서 방법을 강구하고 여길 빠져나가야 돼요. 우리 모두가요. 일단 나가서 아줌마랑 단테가 가족들과 함께 살 수 있도록 도와줄게요. 아니면 가족들과 함께 그곳을 떠나든지 알아서 하세요. 어쨌든 아줌마가 딸을 만날 수 있게 하는 걸 최우선으로 할 거예요. 충분히 깊게 생각 안 하고 내뱉는 말처럼 들리겠지만 저는 꼭 이렇게 하고 싶어요. 아줌마를 위해. 단테를 위해. 저를 위해. 그리고 재키를 위해서요."

그는 숨 한 번 들이켜지 않고 한바탕 말을 쏟아냈다.

"계획을 세우려면 시간이 좀 필요해요. 아줌마 생각엔 어떨 것 같아요?"

뉴트는 머릿속에서 의식의 흐름이 제대로 작동하고 있는지 확신이 서지 않았다.

키샤는 곧장 대답하지는 않았다. 단테의 머리를 쓰다듬으며 멍한 눈으로 뉴트의 제안을 생각해 보는 눈치였다. 뉴트는 중앙 구역 입구 앞에서 만난 떡 진 머리 남자를 생각했다. 존시라는 이름의 그 남자는 뉴트를 보호하는 일에 광적으로 집착하는 듯했다. 뉴트는 존시도 이 계획에 끌어들일 생각이었다. 그는 키샤의 대답을 기다렸다. 조금 뒤 마침내 키샤가 입을 열었다.

"나를 위해서 왜 이렇게까지 하려고 해?" 키샤는 날이 무디어진 투로 물었다. "네 말대로 여길 빠져나가는 건 쉽지 않을 거야. 그런 건 다 차치하고 그렇게 해서 너한테 무슨 득이 있지?"

"뇌물을 써서 여길 빠져나갔다가 딸을 데리고 몰래 다시 여기로 돌아오는 것보다는 덜 어려울걸요. 게다가 혼자 나가서 딸을 찾아보겠다고요? 생각만 해도 속이 울렁거리네요. 그렇게 했다간 단테가 다시는 엄마를 보지 못하게 될 거예요."

키샤는 한숨을 푹 쉬었다.

"다 차치하고 너한테 무슨 득이 있냐니까?"

뉴트는 키샤가 이미 결정을 내린 것처럼 일어서서 배낭을 등에 짊어졌다.

"저도 살아야 할 이유가 있어야 하니까요. 살아갈 목적이 필요해요. 완전히 정신이 나가기 전에 좋은 일을 하고 싶어요. 단테를 돕고 싶기도 하고요. 아줌마도 돕고요." 뉴트는 진심을 꾹꾹 담아 말했다. "아줌마 딸을 만나고 싶기도 하네요. 엄마처럼 고집이 센지 궁금해요."

키샤는 눈물을 닦아냈다.

"너 진짜 웃기는 애구나?"

"뭐, 그렇다고 치자고요."

뉴트가 손을 내밀자 키샤가 허리께에 단테를 안은 채 그의 손을 잡고 조심스럽게 일어섰다.

"고마워. 나도 함께할게."

CHAPTER 12

그날 허튼소리를 실컷 주고받은 덕분에 큰 자루에 담긴 음식을 차지하게 됐다. 자루에 담긴 음식 중 적어도 절반 정도는 먹을 만했다. 뉴트는 오두막 뒤에 묻힌 배낭에서 해지기 전에 옷과 일기장을 꺼내오려다가 일단 배부터 채우기로 했다. 그는 키샤와 함께 황마 자루 속을 뒤졌다.

우선 칠리 통조림 하나를 집어 들었다. 라벨에 적힌 글씨가 희미해졌을 정도로 유통기한이 지난 지 오래였지만 상관없었다. 세상의 종말인데 이것저것 가릴 처지가 아니었다. 칠리가 먹고 싶었다. 간절히.

"이거로 저녁을 먹으면 되겠어요. 이 동네에 있는 집 절반을 털었다고 했으니, 그중에 통조림 따개도 있겠죠."

"그런 건 필요 없어. 잘난 척은. 나한테 기능이 천한 가지나

되는 멋진 주머니칼이 있거든. 믿거나 말거나지만, 그 안에 작은
칼도 있어!"

키샤는 똑똑하게 군 자신이 뿌듯한지 킥킥 웃었다. 보기 좋
았다.

"그 마법의 주머니칼에 성냥 기능도 있어요? 배가 너무 고파
서 이 칠리를 차갑게도 먹을 자신은 있지만 데워서 먹으면 정말
행복할 것 같아요."

"없어. 대신 부싯돌과 부시가 있어. 그걸로 불을 켤 줄 모른
다는 말은 하지 마. 그랬다간 이게 소용없는 물건이 되고 마니
까. 우리가 살고 있는 이 세상에선 성냥 없이 불을 피울 줄 알
아야 돼."

"그럼요. 물론 할 수 있죠."

실은 못했다. 글레이드에서는 늘 성냥을 사용했다.

"좋아. 장작으로 쓸 나무를 모아오자. 배고프다."

그날 저녁 느지막이, 해가 지고 한참이 지난 시각에, 뉴트는
일기를 써놓고 어제 잠을 잤던 구석 자리에 누워 몸을 웅크렸다.
어제가 억겁의 과거처럼 느껴졌다. 사방이 어둡고 고요했다. 물
론 약간의 소음은 있었다. 밖에서 귀뚜라미들이 노래했고, 키샤
는 대양의 파도처럼 잔잔하고 기분 좋게 코를 골았다. 단테도 조
그맣게 코를 골고 있어서, 마치 방 저쪽에 강아지 한 마리가 자

고 있는 것 같았다. 피로감이 밀물처럼 밀려들었다.

무슨 짓을 벌인 걸까? 뉴트는 자신이 한 일도, 키샤에게 약속한 것도 후회하지 않았다. 그렇게 불쑥 약속하지 **않았으면** 어떻게 됐을지는 생각하기도 싫었다. 그의 머리는 만약 다른 결말이 났으면 어떻게 됐을지를 계속 곱씹었다. 그가 겁을 먹고 뒤꽁무니를 뺐거나, 키샤가 싫다고 대답했거나, 키샤가 보초들에게 뇌물을 줘서 빠져나가기 전에 그가 제때 붙잡지 못했거나. 그렇게 됐으면 다양한 방식으로 끔찍한 일들이 전개됐을 것이다. 크랭크 팰리스가 완전히 끝장났을 수도 있었다. 하지만 그들은 이렇게 살아 있었고 이제 목표도 생겼다. 다행이었다.

그렇다고 초조하지 않은 건 아니었다. 엄청 초조했다.

하지만 기분 좋은 초조함이었다.

버그 안에서 뉴트는 앞으로 다른 크랭크들과 함께 살 거라고, 토머스를 비롯한 친구들에게 마음에도 없는 무뚝뚝한 편지를 남겼다. 그때 그는 나름의 계획이 있다고 생각했다. 어리석은 착각이었다. 민호가 평소에 바보를 뭐라고 불렀더라? 꼴통. 그렇다. 뉴트는 꼴통이었다. 아마 앞으로도 쭉 그럴 것이다.

지금 뉴트에겐 **정말로** 계획이 생겼다. 단계별 수행 목표가 있는 계획이었다. 떡 진 머리를 한 남자, 존시를 찾을 것. 원하는 바를 그 남자에게 말할 것. 방법을 강구하고 실행할 것. 간단했다. 키샤와 단테를 구하고 나면 그다음은 어떻게 되든 무슨 상관일까. 그녀의 가족이 다시 모일 수만 있다면…….

눈 안쪽에서 갑자기 찌르는 듯한 통증이 밀려들었다. 벌떡 일어나 앞으로 몸을 숙였다. 공처럼 웅크린 채 두 손으로 옆통수를 감쌌다. 두개골 속을 앞뒤로 썰어대는 것 같은 통증, 누군가 그의 뇌를 반으로 자르는 듯한 통증이 계속 느껴졌다. 그는 가슴속에서 터져 나오려는 비명을 틀어막았다. 키샤를 깨우고 싶지 않다, 키샤를 놀라게 하고 싶지 않다는 생각이 흐릿한 의식 어딘가에서 맴돌았다. 머리를 부여잡고 관자놀이를 문지르며 제발 이 통증이 어서 사라지길 모든 신들에게 빌었다.

통증은 1분가량 지속됐다. 어쩌면 30초 정도였는지도 모른다. 마침내 날카로운 통증은 무지근한 정도로 줄어들었고 이윽고 완전히 사라졌다. 뉴트는 구석진 곳에 등을 기대고 앉아 조용히 숨을 골랐다. 맙소사. 정말 아팠다. 통증이 사라지니 더없이 행복했다. 무겁게 숨을 내쉬며 눈을 감고 벽에 머리를 기댔다. 기억, 즉 삭제된 기억과 관계된 통증일 것이다. 바이러스가 그 부위를 공격한 걸까.

키샤와 자녀들에 대한 생각을 하다 보니 삭제된 기억이 자극을 받은 듯했다. 엄마, 아들, 딸. 엄마, 오빠, 여동생. 왜인지, 어떻게 그런지, 무엇 때문인지는 알 수 없었다. 그저 조금 전 찌르는 듯한 통증을 느꼈고, 그 통증이 사라지자 무언가 떠올랐을 뿐이었다…….

엄마. 아빠. 여동생.

조금 더 기억이 났다.

마음이 서글퍼질 만큼. 몰두할 만한 무언가가 꼭 필요하겠다는 확신이 들 만큼. 그러지 않으면 암흑 속으로 영원히 잠겨, 다시는 빛을 보지 못할 것 같은 예감이 들었다. 그랬다. 몰두할 거리가 필요했다. 바쁘게 움직이면서 세상에 미약한 흔적이나마 남겨야 했다.

그가 하려고 계획한 일이 바로 그것이었다.

우선 내일 존시라는 남자를 만나 얘기를 나눠봐야 했다.

PART 2

**고속 도로
끝의 빛**

CHAPTER 13

볼링장이 후끈후끈했다.

냄새도 났다. 엄마가 즐겨 쓰던 표현대로, 악취가 진동을 했다. 예전에 뉴트는 더러운 옷과 양말을 침실 안 옷장 깊숙한 곳에 처박아 놓곤 했는데 그의 방에 들어온 엄마는 옷장 안쪽에서 악취가 진동을 한다고 잔소리를 했다. 뉴트는 불꽃이 나방을 끌어들이고, 코딱지가 손가락을 부르듯이, 엄마가 악취 나는 것들을 끌어당기는 모양이라고 받아쳤다. 그러면 여동생은 깔깔 웃어댔다.

지금 여동생은 눈앞에 보이지 않지만, 뉴트는 그 생각이 나서 웃었다. 6미터 근방에 있는 모든 사람들이 경계의 눈빛으로 쳐다볼 만큼 신나게 웃었다. 사람들이 걱정된다는 눈으로 쳐다보면 더 크게 웃음이 났다. 뉴트의 경호원이 된 존시는 여전히 떡진 머리였는데, 나름 예의를 차리려고 덩달아 살짝 웃어주었다.

아마 존시는 뉴트가 왜 그렇게 웃는지 전혀 이해하지 못했을 것이다.

지독한 두통을 앓은 지 며칠이 지났다. 키샤는 뉴트의 계획에 동의했다. 뉴트는 예전 가족에 대한 몇 가지 기억이 돌아와 마음이 괴로웠다. 그는 그렇게 떠오른 기억의 상당 부분을 일기장에 적어두었다. 일기장을 직접 만든 주머니에 몇 겹으로 싸서 늘 지니고 다녔다.

하지만 그의 정신은 점차…… 흐트러지고 있었다.

심연으로 흘러가고 있었다.

바로 그 심연으로.

더는 부정할 수 없었다. 머릿속이…… 흔들렸다. 마구 흔들렸다. 마치 풍이라도 맞은 것처럼. 머릿속이 뒤죽박죽이라 생각을 가지런히 하는 게 날이 갈수록, 시간이 갈수록 힘들어졌다. 때로는 현실 감각을 유지하기도 버거웠다. 지금 여기서도, 아름답고 고통스러운 기억 속에서도, 어떤 회한도 없이 흘러가는 시간과 함께 그의 정신은 풀어지고 있었다.

하지만 집중해서 해야 할 일이 있었다. 지금은 그 일이면 충분했다.

뉴트는 낡은 볼링장의 맨 왼쪽 끝 레인에 앉았다. 사람들은 듬성듬성 모여 앉아 볼링핀이 있던 자리에서 피어오르는 모닥불을 바라보고 있었다. 길게 줄 맞춰 피어오르는 모닥불은 마치 불꽃으로 된 이빨 같았다. 뉴트는 무릎에 전기총을 올려놓았다. 이곳 경비원에게 세 번이나 빼앗겼다가 매번 더욱 격한 폭력을 쓴 끝에 번번이 도로 찾았다. 그날 아침 일어난 소동 때문에 경비원들은 그를 가만히 내버려 두기로 한 듯했다. 온몸에 상처를 입고 볼링장으로 들어온 뉴트는 그를 쳐다본 여자에게 농담처럼 말했다. "내가 이 정도면 상대는 어떻겠어요."

뉴트는 가만히 앉아 생각에 잠겼다. 일기를 쓰고 휴식을 취했다. 내일의 큰 계획을 앞두고 흥분을 억누르려 애썼다.

"어이, 뉴트!"

그는 대답하지 않았다. 그는 자기를 부르는 소리에 한 번도 대답한 적이 없었다. 사람들은 항상 그를 성가시게 했다. 여기 온 지 며칠밖에 안 됐으니 '항상'이라는 표현은 비교적 그렇다는 뜻이다. 가만 보니 여기서 뭔가 중요한 일이 생기면 사람들은 뉴트를 찾았다. 그래서 뉴트는 누가 불러도 대답을 하지 않았다. 이 크랭크 팰리스에서 뉴트는 유명 인사였다.

"뉴트, 야!"

누군가 그의 어깨를 툭 쳤다.

뉴트는 뒤를 돌아보았다.

존시가 면역인 경비원 두 명과 함께 서 있었다. 경비원 하나는 땅딸막한 뚱보이고, 다른 하나는 코밑수염을 기른 멀대였다. 그날 아침 일어난 소소한 소동 때문에 경비원들은 높은 경계 태세를 유지하고 있었다. 그들은 이곳에서 평화를 유지하려면 뉴트 패거리와 충돌 없이 지내야 한다는 걸 알았다. 뉴트는 패거리를 이루게 되어서 좋았다. 그는 항상 패거리를 원했다.

"무슨 일인데요?"

뉴트가 물었다. 어쩌면 이들은 그를 체포하러 온 것일 수도 있었다.

땅딸막한 뚱보가 언제나처럼 먼지 입을 열었나.

"너를 만나러 온 사람들이 있어."

뚱보는 여기서 일하는 게 얼마나 싫은지, 있는 대로 티를 내면서 말했다. 돌덩이를 들어 올리듯 지긋지긋해하며 한 음절 한 음절을 내뱉었다.

뉴트는 한숨을 쉬었다.

"내가 늘 하는 말을 그대로 전하세요. 미로에 대한 얘기나 사악에 대한 얘기 같은 건 더 할 게 없다고. 내가 무슨 이야기꾼도 아니고."

"여기 앉아서 너랑 언쟁하려고 온 게 아니야, 전지전능한 꼬마야. 그들이 너한테 말을 전해달라고 뇌물을 줘서 해주는 것뿐이지. 네가 그들을 만나든 말든 어차피 난 상관없어."

"뇌물을 줬다고요?" 존시가 경비원에게 물었다. "뉴트를 보겠다고 사람들이 **뇌물을 줬단** 말입니까?"

키샤를 탈출시키기로 같이 계획을 세운 탓에 여기서 큰돈을 벌 기회를 놓쳤다는 듯, 살짝 아쉬워하는 말투였다.

코밑수염을 기른 멀대가 말했다.

"그들은 버그를 타고 왔어. 네가 아는 천박한 크랭크들이랑은 다르더라."

뒤의 말은 뉴트의 귀에 하나도 들어오지 않았다. 그의 귀에 '버그'라는 단어가 꽂혔다. 귓속에서 위이잉 소리가 들리더니 눈 앞에서 볼링장이 기울어졌다. 속에서 올라온 욕지기가 목까지 이르렀다. 그는 쓰디쓴 분노를 애써 삼켰다.

겨우 마음을 진정시키며 물었다.

"버그를 타고 왔다는 게 무슨 뜻이에요? 무슨……."

그는 그 말이 사실이기를 바라면서도, 한편으로는 사실이 아 니길 바랐다.

"정확히 어떤 부분이 이해가 안 되지?" 뚱보가 말했다. "그 사 람들을 만날 거야, 말 거야? 만나, 안 만나?"

"그들이 이름을 말해줬어요?"

뉴트는 머뭇거리며 물었다. 그는 마치 그 경비원의 입을 조종 한 것처럼, 듣지 않아도 이미 답을 알고 있었다.

"토머스…… 민호…… 브렌다라고 하던데. 그리고 비행사인 남자도 있었어."

뉴트는 며칠 동안 정신이 흐트러지는 와중에도 마음을 굳게 먹으려 안간힘을 썼다. 존시를 비롯한 패거리들로 작은 경호단을 만들기도 했다. 구세계의 록밴드처럼. 그리고 토머스가 없는 나날, 위키드가 없는 나날에 익숙해져 갔다. 탈출을 계획하고 단기 목표를 세우며 인생을 마무리할 준비를 했다. 오늘 아침에도 그는 기꺼이, 거의 신나게 폭동에 참여해 한두 대 주먹질을 당하기도 했다. 물론 때린 횟수가 더 많았다. 기분이 정말 좋았다. 신나고 들떴다. 내일이면 그들은 인생의 마지막일지 모를 위대한 모험을 떠날 것이다.

그런데 뉴트의 속을 알지도 못하는 이 멍청하고 심통 사납고 오만한 경비원이 몇 마디 말로 그의 결심을 확 흔들어 놓았다. 대체 왜? 토머스는 무엇 때문에 여기 왔을까? 플레어 병 문제에 알아서 맞서려 하는데, 왜 그를 가만히 내버려 두지 못하는 걸까? 뉴트는 자신의 처지를 받아들였고, 드디어 편안해졌다. 그런데 그들은 왜 그를 가만두지 않는 걸까?

"어이!" 경비원이 소리를 빽 지른 바람에 뉴트는 우울한 생각의 고리에서 벗어났다. "만날 거야, 말 거야? 뭐 잘못 먹었어? 뭔 대답을 하는 데 3초씩 걸려."

뉴트는 그들을 만날 수 없었다. 불가능했다. 그랬다가는 속이 완전히 박살 날 것 같았다. 뉴트는 최대한 확고한 목소리로 대답했다.

"안 만나요. 꺼지라고 전해주세요."

"너 정말……."

멀대가 토를 달자 뉴트가 악을 썼다.

"안 만난다고요! 그들이 이쪽으로 가까이 못 오게 하세요! 절대로 싫으니까!"

뉴트의 눈에 불이 일었다. 그는 경비원들이 전기총 개머리로 얼굴을 후려치거나, 아니면 더 심한 폭행으로 그가 악을 쓴 대가를 치르게 할 줄 알았다. 그런데 평소에 보던 이들과 다른 반응에 그들은 놀란 듯했다.

뚱보와 멀대는 아무 말 없이 볼링장을 나갔다.

뉴트는 눈을 감았다. 머릿속 어두운 곳에 숨어 토머스를 보지 않으려 했다. 민호도 보고 싶지 않았다. 호르헤, 브렌다, 테리사, 알비, 갤리, 척도 안 보고 싶었다.

하지만 그들의 모습이 머릿속에서 선연히 떠올랐다.

CHAPTER 14

뉴트는 볼링장을 떠나는 경비원들, 볼링장 정문, 존시 패거리 그리고 온 세상을 뒤로 한 채 벽을 보고 서서 조용히 분노를 뿜어냈다. 그는 지금 느끼는 이 지독한 분노가 비이성적인 것임을 알지만 어떻게 할 도리가 없었다. 숨을 쉴 때마다 가슴이 아프고 폐의 절반밖에 공기가 채워지지 않았다. 친구들과 버그를 버리고 떠나기로 했던 그의 결정은 도저히 있을 수도 없고 받아들일 수도 없는 것이었지만 옳은 결정이었다. 그런데 친구들은 어째서 그를 찾아와 똑같은 선택을 하도록 강요하며 또다시 무거운 짐을 지우려는 걸까? 뉴트는 전기총을 갓난아기를 안듯 품에 안고 분노로 몸을 떨었다. 차라리 자신에게 전기총을 쏴서 꼬리에 꼬리를 무는 괴상한 상념에서 벗어나고 싶었다. 어차피 죽지는 않을 것이다. 정신이 번쩍 날 테지.

"뉴트, 괜찮아?"

존시였다. 어쩌자고 뉴트는 제일 친한 친구들이 아니라 존시
같은 자에게 운명을 걸었을까? 정말 미쳐가고 있는 모양이었다.
아니야, 라고 그는 스스로를 질책했다. 할 수 있는 유일한 선택
을 했을 뿐이었다. 플레어 병에 감염된 것만으로도 견디기 힘들
었다. 토머스를 비롯한 친구들과 함께 지내다 보면 플레어 병에
걸린 게 얼마나 처량한지 자꾸만 생각하게 될 것이다……. 그런
상황은 견딜 수 없었다. 불가능했다. 이제 와서 친구들에게 돌아
갈 수는 없었다.

"뉴트?"

존시가 또다시 물었다.

"괜찮다고요!" 뉴트는 경호원 존시의 우스꽝스럽게 떡 진 머
리 밑 누르께한 얼굴을 똑바로 쳐다보며 버럭 소리쳤다. "나 좀
내버려 둬요!"

존시의 여자친구―뉴트는 그 여자의 이름을 기억하지 못했
고 앞으로도 쭉 그럴 것이다―가 몇 걸음 떨어진 곳에서 바닥
에 드러누워 있었다. 블리스를 복용한 상태로 신음을 흘리고 있
는 모습이었다. 뉴트는 지금처럼 블리스 생각이 간절했던 적이
없었다. 하지만 머릿속이 이미 엉망진창이었다. 블리스를 복용
했다가 증상이 더 심해져 나중에 후회할 선택을 하고 싶진 않았
다. 친구들에게 돌아갔다가 다시 친구들을 떠나는 결정을 내리
는 것보다 더 끔찍한 상황이 있을까?

뉴트는 벽을 뒤로 하고 돌아섰다. 고개를 푹 숙이고 눈을 감았다. 속에서 산성 물질처럼, 휘발유처럼 차오르는 분노를 애써 억눌렀다. 자칫 불꽃이 튀면 활활 타오를 게 분명했다. 대체 녀석들은 왜 여기로 찾아왔을까! 왜!

시간이 흐르면서 그는 우주 공간에 떠 있는 기분을 느꼈다. 뜨거운 분노로 이루어진 거품 속에서 둥둥 떠다니는 듯했다. 한 시간쯤 지났을까. 어쩌면 겨우 5분 지났을 수도 있었다. 그는 백 걸음 안쪽에 있는 누군가에게 분풀이를 하지 않으려고 의지력을 쥐어짰다. 전기총으로 아무나 쏴버리고 싶은 충동, 그렇게 해서 분노를 표출해 편안해지고 싶은 충동을 죽어라 억눌렀다.

"뉴트." 몇 걸음 떨어진 곳에서 존시가 나지막하게 불렀다. 바로 옆에 있는 사람이나 들을 수 있을 정도로, 거의 속삭이다시피 했다. "면역인 경비원들이 그 사람들을 여기로 데려왔어! 네가 버리고 도망쳤던 사람들!"

뉴트가 고개를 홱 돌렸다. 볼링장 정문으로 그의 시선이 향하자마자 민호가 건물 안으로 들어왔다. 등 뒤의 환한 빛에 얼굴이 가려졌지만 틀림없는 민호였다. 뒤따라서 토머스도 어린아이 다루듯 브렌다의 손을 잡고 볼링장으로 들어왔다.

뉴트는 현기증마저 느껴질 정도로 재빨리 벽 쪽으로 돌아섰다. 돌아서기 직전에 호르헤의 모습이 얼핏 보였다.

그들은 뉴트를 데리러 왔다. 일이 이렇게까지 됐는데. 토머스에게 편지까지 남겨뒀는데. 버그에 다른 친구에게 보내는 편지도 남겼는데. 멍청한 면역인 경비원을 통해 꺼지라고 말을 전했는데. 그런데도 저들은 여기까지 찾아왔다. 부연 독가스처럼 분노의 기운이 온몸에 퍼져나갔다. 속에서 솟구친 분노는 피부에 소름을 돋게 했다. 몸이 부들부들 떨렸다. 어쩔 수가 없었다. 심장이 너무 아팠다. 왜 이런 증상이 나타났을까? 플레어 병의 마지막 장벽을 넘어, 완전히 미쳐버리는 단계로 진입하는 건가!

"벌써 들어왔네."

존시가 날카롭게 속삭였다. 며칠 전 처음 본 이래로 이렇게 당황한 존시의 모습은 처음이었다. 존시는 새로 취득한 소유물 뉴트를 전 주인에게 빼앗기고 싶어 하지 않는 눈치였다.

뉴트는 친구들의 존재를 감지했다. 민호의 숨소리, 토머스의 발소리가 들렸다. 누구보다 잘 아는 아이들이었다. 어떤 이유에서인지 그들에게 마구 고함을 지르고 곤죽이 되도록 패고 싶었다.

'이제 정말로 맛이 가는구나. 적어도, 더 이상은 겁낼 필요가 없겠어.'

결국 말이 쏟아져 나왔다. 뉴트는 포획자들에 대한 저항의 표시로 글레이더들이 글레이드에서 즐겨 썼던 괴상한 용어들을 떠올리며 악을 썼다.

"꺼지라고 했잖아, 이 빌어먹을 자식들아!"

맥박이 제멋대로 살아 움직였다. 관자놀이에서, 목에서, 손목에서, 가슴속에서 부자연스럽게 펄떡거렸다. 맥박 치는 소리까지 들렸다. 맹세코 귀에 들렸다.

쿵쾅, 쿵쾅, 쿵쾅. 귓속에서, 뇌 안에서 마구 뛰었다.

"너랑 얘기 좀 하려고 왔어."

민호가 말했다. 머릿속에서 북소리가 어지럽게 울리고 있어 잘 들리지 않았지만 분명 민호의 목소리였다. 마치 누군가 그의 심장 속으로 피와 함께 독한 산성 물질을 펌프질해 넣는 듯했다. 강력한 기계를 이용해 규칙적으로 펌프질하고 있었다. 소음이 점점 커져갔다.

뉴트는 어깨로 다가오는 그림자를 느꼈다.

"더 이상 가까이 오지 마." 뉴트는 차분하게 말하려고 했는데 말이 사납게 나왔다. "놈들이 날 여기 데려다 놓은 건 다 이유가 있어서야. 놈들은 처음에 나를 망할 버그 안에 숨어 있는 면역인인 줄 알더라. 그런데 플레어 바이러스가 뇌를 파먹고 있는 감염인이니 얼마나 놀랐겠어. 놈들은 자기네한테 주어진 시민의 의무를 다해야 한다면서 날 이 쥐구멍에 던져넣었어."

거짓말이 뒤섞인 말이 입에서 쏟아져 나왔다. 어느 부분이 사실이고 아니고는 더 이상 중요하지 않았다. 그저 이들이 제발 여길 떠나주길 바랄 뿐이었다.

토머스는 뉴트의 귀에 얼음처럼 차갑게 들리는 목소리로 말했다.

"우리가 여길 왜 찾아왔다고 생각해, 뉴트? 널 버그에 남아 있게 하고 결국 붙잡히게 만들어서 미안해. 놈들이 널 여기다 데려다 놓게 만든 것도 미안하고. 그래서 널 다시 꺼내주려고 왔어. 누구 한 명쯤……."

토머스의 말소리가 솟구치는 잡음에 묻혀버렸다. 뉴트의 두개골 안을 울려대는 위이잉 소리, 무자비하게 쿵쾅대는 꿰방 소리에 맞춰 울려대는 그 소리가 멈출 생각을 하지 않았다. 제정신으로 있을 수가 없었다. 뉴트는 귀머거리가 된 것 같은 괴상한 기분에 휩싸였다. 사방에서, 몸 안팎에서 소음이 들려왔다. 볼링장 전체가 사라지고 있는 듯, 더 이상 현실을 붙잡고 있지 못하는 지경에 이르자 공포가 밀려왔다. 그나마 현실을 붙잡으려면 몸을 움직여야 될 것 같았다.

뉴트는 엉덩이를 바닥에 댄 채로 몸을 돌려 그들을 바라보았다. 손으로는 전기총을 생명줄처럼 붙잡았다.

민호가 두 손을 펼치며 무어라 말했지만, 뉴트는 귓속과 머릿속을 울려대는 소음 때문에 알아들을 수가 없었다. 뒷걸음질 치던 민호는 바닥에 몽롱한 상태로 누워 있는 존시의 여자 친구를 하마터면 밟을 뻔했다. 소음의 벽을 뚫고 기어오르는 개미 떼처럼 그들이 떠드는 소리가 웅얼웅얼 들려왔다.

전기총에 대한 얘기인 것 같았다. 그들은 민호에게 전기총을 어디서 났는지 묻고 있었다. 뉴트는 한두 개의 구절로, 자신이 무슨 말을 하는지도 모르는 채 웅얼웅얼 내뱉었다. 거짓말을 지어냈다. 손떨림이 너무 심해서 전기총이 함께 덜덜거렸다. 이런 식으로는 뜻대로 되지 않을 것이다. 뉴트는 정신을 바짝 차리고 안개 같은 분노를 밀쳐내려 안간힘을 썼다. 조금만. 조금만 더 힘을 내야 했다. 어떻게든. 저들을 떠나보내야 했다. 반드시. 이 상태로 얼마나 더 버틸 수 있을까.

뉴트는 죽어라 집중하면서, 진심을 담아 그러나 확고하게 부탁했다.

어떻게든 해야 했다.

"내 상태가…… 온전하지가 않아. 솔직히 말하면, 날 찾으러 여기까지 와준 거에 대해선 고맙게 생각해. 진심이야. 하지만 여기서 끝을 내야 돼. 어서 돌아서서 저 문을 나가. 버그를 타고 멀리 날아가란 말이야. 내 말 이해하지?"

한 마디 한 마디 힘을 주어 말했다. 좌절감으로 손이 덜덜 떨렸다.

민호가 말했다.

"아니, 이해 못 해. 우린 목숨 걸고 여기까지 왔어. 넌 우리 친구니까 널 꼭 데리고 갈 거야. 미쳐가는 동안 징징대면서 울고 싶으면 울어. 하지만 이 망할 크랭크들 옆에서가 아니라 우리 옆에서 그렇게 하란 말이야."

조금 전까지 힘이라곤 없던 다리에 별안간 기운이 솟구쳤다. 뉴트는 벌떡 일어섰다. 그의 눈에 담긴 광기를 보았는지 토머스는 주춤하고 뒷걸음질 치다가 자빠질 뻔했다. 뉴트는 민호에게 전기총을 겨누고 더욱 분노한 목소리로 소리쳤다.

"난 크랭크야, 민호 이 자식아! 크랭크라고! 왜 그 사실을 못 받아들여? 네가 내 입장이라면 플레어 병에 감염돼서 앞으로 어떤 모습으로 변해갈지 뻔히 아는데 친구들이 그 모습을 옆에서 지켜보길 바라겠냐? 어? 그걸 바라겠냐고?"

그들이 반박하길, 덤비길, 무슨 변명이라도 내놓길 바랐다. 하지만 친구들은 먹먹한 얼굴로 그를 마주 볼 뿐이었다.

뉴트는 목소리를 낮춘 채 최대한 독하게 말을 뱉었다.

"그리고 너, 토미. 여기 와서 나더러 같이 가자고 말하다니, 진짜 뻔뻔하다. 더럽게 뻔뻔해. 널 보는 것만으로도 구역질이 나."

토머스의 얼굴이 슬픔에 젖어들었다.

"무슨 소리야 그게?"

별안간 뉴트는 저 위에서 자신을 내려다보고 있었다. 무슨 마법처럼. 이게 광기인가. 뉴트는 전기총을 내리고 바닥을 내려다보았다. 속에서 분노가 부글부글 끓었다.

토머스가 계속해서 말했다.

"뉴트, 내가 이해가 안 돼서 그러는데, 왜 그런 말을 해?"

"미안하다, 얘들아. 미안해." 뉴트의 입에서 사과의 말이 나왔다. 참을 수가 없었다. 이 모든 게 견디기 힘들었다. "하지만 내 얘기 잘 들어. 내 상태가 시간이 갈수록 악화되고 있어서 제정신을 유지할 수 있는 시간이 얼마 남질 않았어. 부탁인데 그만 떠나주라."

토머스가 대꾸하려 했지만 뉴트는 경고의 표시로 손을 들며 저지했다.

"아니!" 뉴트는 최대한 친구들의 머리에 제대로 박히도록 말을 쏟아내려 안간힘을 썼다. "더는 아무 말도 하지 마. 그냥…… 제발 떠나줘. 이렇게 빌게. 이번 한 번만 내 말대로 해줘. 살면서 이렇게 진심으로 빌어보는 거 처음이야. 제발 내 부탁을 들어줘. 여기서 나 같은 사람들을 만났어. 그들은 오늘 늦게 여길 떠나서 덴버로 쳐들어갈 계획이야. 난 그들과 함께하기로 했어."

'난 키샤와 단테를 도와야 돼. 너희를 도울 수가 없어.'

다시 숨이 쉬어졌다. 분노는 그대로 끓게 두었다. 주장을 끝까지 관철할 힘은 아직 남아 있었다. 그런 생각을 하자 마음이 약간이나마 진정됐다.

"너희가 이해할 수 있으리란 기대는 안 해. 더 이상 너희와 함께할 수 없다는 것만 알아둬. 사실 지금도 견디기가 힘든데, 너희한테 변해가는 모습을 보여주게 되면 더 힘들어질 것 같아서 그래. 최악의 경우 내가 너희를 다치게 할 수도 있어. 그러니까 이만 여기서 작별하자. 그럼 너희도 예전에 좋았던 모습으로 날 기억할 수 있을 거야."

"그렇게는 못 하겠는데."

민호였다. 너무나도 차분하고, 확고한 말투였다.

뉴트의 속에서 또다시 분노가 솟구쳤다. 곧 잊어버릴 말들이 그의 입에서 고함이 되어 쏟아졌다. 여전히 손을 덜덜 떨면서 뉴트는 혈관이 튀어 올라오도록 전기총을 꽉 잡았다.

"꺼지란 말이야!"

일촉즉발의 상황이었다. 이러다 곧 폭발하고 말 것이다.

뒤에서 존시가 토머스의 등을 손가락으로 쿡 찔렀다. 토머스가 돌아서자 이번에는 그의 가슴을 손가락으로 찔렀다. 뉴트의 크랭크 패거리들이 존시 뒤에 모여 섰다. 마치 댐에 고인 물처럼.

"우리 새 친구가 너희들한테 그만 꺼져달라잖아."

존시가 말했지만 토머스는 포기하려 들지 않았다.

"그쪽이 관여할 일이 아닙니다. 여기 오기 전에는 우리 친구였어요."

존시는 떡 진 머리를 뒤로 쓸어 넘겼다. 바이러스 때문에 동화책 속 악당이 된 기분인 모양이었다.

"쟤는 이제 우리랑 같은 크랭크야. 그러니까 우리가 관여할 일이지. 그만…… 여길 떠나."

이번에는 민호가 나섰다.

"야, 이 미친놈아. 플레어 병에 걸려 귓구멍까지 막혔나 본데,

이건 우리랑 뉴트 사이의 일이거든. 너나 꺼져."

뉴트의 속에서 분노의 기운이 새어나왔다. 급기야 조그맣게 불꽃이 튀었다.

존시는 유리 파편을 쥔 손을 들어 올렸다. 유리 파편에 베인 존시의 손에서 이미 피가 흐르고 있었다.

"그렇게 반발하길 바라고 있었지. 내가 그동안 참 지루했거든."

마침내 분노의 불길이 활활 타올랐다.

멍청한 존시가 토머스의 얼굴을 향해 유리 파편을 휘둘렀다. 그 순간 뉴트의 눈앞에서 세상이 기울어졌다. 토머스는 얼른 바닥으로 주저앉으며 유리 파편을 피했다. 브렌다가 나서서 존시의 팔을 세게 후려치자 유리 파편이 벽으로 날아가 박살 났다. 민호가 존시에게 달려들면서 둘이 함께 바닥으로 쓰러졌다. 블리스에 취해 해롱대는 존시의 여자 친구가 그들 밑에 깔렸다. 블리스 기운 때문인지 모르겠지만 여자가 까르륵 대며 비명을 내지르다가 발길질을 하고 버둥거렸다. 서로 주먹질을 하면서 싸움판이 벌어졌다. 뉴트는 마구 뒤엉킨 팔다리가 누구의 것인지 분간할 수 없었다.

시야가 부옇게 흐려졌다. 허연 안개가 눈앞에 쏟아지고 폭풍 같은 소음이 다시 귀를 괴롭혔다. '위이잉. 우르릉.' 그리고 '쿵쾅, 쿵쾅, 쿵쾅.' 말도 안 되게 요란하게 뛰는 맥박 소리가 들렸다. 영원한 메아리가 치는 긴 터널에 갇힌 기분이었다. 뉴트는 악을 썼다.

"그만해! 당장 그만들 해! 당장 그만두지 않으면……."

이 생각을 어떻게 마무리 지을지 알 수 없었다. 자신이 통제가 되지 않았다. 손에 쥔 전기총의 감각이 아득하게 느껴졌다. 그는 마치 기관총을 난사하듯 전기총을 앞뒤로 흔들어 댔다. 정신을 놓고 무어라 형언할 수 없는 분노에 휩싸인 채 몸을 떨었다. 무엇을 어떻게 해야 할지, 몸속에 쌓인 엄청난 에너지를 어떻게 쏟아 내야 할지 알 수 없었다. 그저 방아쇠를 당겼다.

부연 안개 사이로 전기총의 총탄이 존시의 몸뚱이에 명중해 시퍼런 불꽃을 뿜어내는 광경이 어렴풋이 보였다. 뉴트의 귀에는 본인이 내는 소리 외에 아무 소리도 들리지 않았다. 덩굴손 같은 번개 줄기가 존시의 몸을 휘감고 춤을 추었다. 바닥에 쓰러진 존시는 온몸을 비틀며 침을 흘렸다.

뉴트는 거미줄의 실 끝을 붙잡듯 전기총을 꽉 쥐었다. 이 상황이 어서 끝나기를 바랐다. 그는 속삭이듯 말했다.

"그만두라고 말했지. 여길 떠나. 더 이상 왈가왈부할 것 없어. 미안하게 됐다."

민호가 무어라 말했지만 뉴트의 귀에는 지독한 소음 때문에 닿지 않았다.

뉴트는 안간힘을 쓰며 말했다.

"가. 어서. 좋게 말로 할 때 들어. 참고 있기 힘들다고. 어서 가."

민호는 무어라 또 말했다. 밖으로 나가서 얘기하자는 소리 같았다. 뉴트는 전기총을 들어 올려 조준 자세를 취했다. 그리고 옛 친구 민호에게 비틀거리며 한두 걸음 다가가 소리쳤다.

"가란 말이야! 당장 꺼져버려!"

토머스와 민호가 말을 주고받았다. 뉴트의 귀에는 들리지 않았다. 그의 입에서 주절주절 말이 흘러 나왔다.

"미안해. 너희가…… 안 가고 버티면 쏠 거야. 어서 가."

친구들은 몹시 괴로워하는 표정으로 돌아섰다.

그들이 떠나고 있었다.

뉴트가 바라던 대로였다.

하지만 그는 친구들을 저렇게 떠나게 하고 싶지 않았다.

토머스. 민호. 브렌다. 호르헤. 그들은 차례로 문밖으로 나갔다.

뉴트는 한쪽 무릎에 힘이 쭉 빠졌다. 이대로는 1분도 더 버티기 힘들었다. 그는 아무에게나 소리쳤다.

"저들 뒤를 쫓아가요. 돌아오지 못하게 하세요."

바닥에 주저앉은 뉴트의 흐릿한 눈에서 눈물이 쏟아졌다. 광기 때문에 흘리는 눈물이 아니었다.

CHAPTER 15

심장 박동이 평소처럼 돌아오기까지 세 시간이 걸렸다. 흐릿하던 시야가 맑아지고, 귓속에서 왕왕 울리던 지독한 소음도 점차 잦아들다가 사라졌다. 과정이 전혀 기억나지 않지만 어쨌든 그는 이 작은 오두막에 돌아와 있었다. 언제 잠들었다가 깼는지도 모르겠지만 어쨌든 잠도 잤다. 시야에서 허연 실안개를 떨쳐내려 눈을 수차례 감았다 떴다. 소음은 티도 안 날 정도로 아주 천천히 흩어졌다가 어느 순간 사라졌다.

머리가 여전히 아팠다. 앞으로 계속 이런 식으로 자주 아프겠구나 싶었다.

"뉴트?"

바닥에 누워 있던 뉴트가 고개를 들었다. 걱정스러운 눈빛을 한 키샤의 모습이 보였다. 키샤가 얼마 전부터 곁에 있었던 것 같기는 했다. 하지만 뉴트가 기억하는 한, 그는 오늘 아침 소동이 있은 후 키샤를 처음 보았다.

"제정신으로 돌아왔니?"

키샤가 물었다. 단테의 모습도 보였다. 키샤는 뉴트를 격려해 주려고 단테를 그의 앞에 대고 흔들었다.

"일어나 앉아볼래?"

뉴트는 고개를 끄덕이려 했지만 뜻대로 되지 않았다. 말을 하려고 했는데 끄응 소리만 나왔다. 그는 두 손으로 바닥을 싶고 몸을 일으킨 뒤 벽에 등을 기대고 앉았다. 잠시 세상이 휘청하다가 제자리로 돌아왔다. 현기증이 일었지만 충격과 같은 통증이 머릿속을 어지럽히지는 않았다. 그의 상태는 좋아졌다. 확실히.

키샤와 뉴트는 한참 시선을 주고받았다. 둘 다 과거의 슬픔과 미래에 대한 두려움이 뒤섞인 눈빛이었다.

마침내 키샤가 입을 열었다.

"어떻게 된 일인지…… 이야기해 볼래? 그냥 나중에 떠나는 게……."

"아뇨!" 이마를 콱 지르는 통증에 그는 인상을 찌푸렸다. "됐어요. 나중으로 미룰 필요 없어요. 우린 아줌마네 가족을 만나러 갈 거예요. 내일요. 아줌마보다 제가 더 원해요."

키샤는 고개를 몇 번이고 끄덕였다. 말을 하고 싶지만 눈물이 날 것 같아 참는 눈치였다. 그동안 키샤는 정말로 이곳에서 도망쳐서 그녀의 가족을 같이 찾아줄 것인지 뉴트에게 수차례 묻고 또 물었다. 그러다 드디어 그런 질문을 그만하게 됐다. 하지만 그 일을 생각만 해도 가슴이 떨리고 두려운 모양이었다. 뉴트도 두렵긴 마찬가지였지만 어째서인지 그 일은 이제 그에게 유일한 삶의 목표가 됐다. 그 일은 그의 정신이 점점 커져가는 불협화음의…… 빈 공간으로 빨려 들어가는 것을 막아주는 유일한 방책이었다.

키샤가 나지막하게 물었다.

"오늘 일에 대해 말해줘. 얼마나 엉망이었니? 괴짜 존시가 뭐라고 떠들긴 했는데…… 그 사람은 도저히 지적인 대화가 안 되잖아. 존시가 널 여기 내려놓고 가면서 뭐라고 떠들었는데 열 마디도 못 알아들었어."

"존시가 저를 여기로 데려왔다고요? 제가 전기총으로 그 사람을 쐈는데!"

"그래. 널 용서한다고, 네가 실수로 그런 거 안다고 전해달래. 그러면서 웃었어. 유쾌한 사람이야."

뉴트는 웃음 비슷한 소리를 냈다.

"물 좀 주세요. 흙을 한 양동이 퍼먹은 기분이에요."

그는 존시를 전기총으로 쏜 게 정말 실수인지 모르겠다는 말은 굳이 하지 않았다. 존시는 토머스를 공격했으니 전기를 맞아도 쌌다. 그랬다. 존시는 그저 도구일 뿐이었다.

오두막에 깨끗한 물이 가득 담긴 낡은 우유 주전자가 있었다.

키샤는 그에게 물 한 컵을 따라 건네며 다시 물었다.

"얼마나 엉망이었어?"

뉴트는 컵에 담긴 물을 꿀꺽꿀꺽 마시고 나서 숨을 크게 들이켰다.

"아주 많아요. 곧 단계를 지나면 어떤 상태가 되는지 미리 체험해 본 것 같아요. 완전히 미친놈이 됐었거든요, 키샤. 아주 돌았어요. 앞이 보이지 않고 소리도 안 들리고 똑바로 생각할 수도 없었어요. 사람들이 살아서 볼링장에서 나간 게 이상할 정도로요. 제가 살아남은 것도 포함해서요."

"아이고, 뉴트. 유감이야. 네 여기가 정말 맛이 가긴 했었나 보다."

키샤는 자신의 오른쪽 관자놀이를 손으로 톡톡 두드렸다.

"스트레스와 병증이 관계가 있는 것 같아요. 그리고 오늘 아침에 일어난 소동 때도 멍청이들이 아무 이유 없이 경비원들을 공격했거든요. 그때 저도 지치고 몸에 이런저런 상처를 입고 멍이 들었는데 그걸로 충분하질 않았나 봐요. 가까운데 가서 쉬다가 이 오두막으로 돌아오려고 볼링장에 갔는데 거기서 난리가 난 거예요……."

키샤가 어떻게 생각할지 그는 알 수 없었다. 키샤가 아까 존시가 했던 말을 다 알아들었다고 해도, 물론 못 알아들었지만, 그랬다고 해도 그게 무슨 의미가 있을까? 뉴트가 낡아빠진 볼링

장에서 겪은 일을 완전히 이해할 수 있는 사람은, 어렴풋하게라
도 짐작할 수 있는 사람은 없었다. 친구들이 돌아온 충격, 무기
를 들고 친구들에게 떠나라고 위협할 때 그가 느낀 고통, 그리고
존시에게 총까지 쏘면서 끔찍한 결말을 맺은 것으로 인한 정신
적 상처. 뉴트는 이미 정신이 나간 상태였지만, 토머스와 민호의
얼굴에 나타난 절망감은 뉴트의 머릿속에 불로 지진 듯 또렷이
새겨졌다.

"뉴트? 볼링장에서 무슨 일이 있었는지 얘기해 봐."

"꼭 해야 돼요?"

"응, 해야 돼." 미소 짓는 키샤의 얼굴을 보니 희미한 기억 속
에서 조금씩 떠오르는 엄마가 생각났다. "말해봐. 그럼 기분이
나아질 거야. 세상이 지금처럼 완전히 지옥으로 변하기 전에 사
람들은 그런 걸 심리 치료라고 불렀대."

그는 속삭이듯 털어놓았다.

"제가 미쳐 날뛰었어요. 그게 다예요. 토머스랑 민호를 보고
꼭지가 돌았죠. 그는…… 그 녀석들은…… 그 얘기는 너무 길어
서 안 할래요. 아마 아줌마도 조금은 들어본 적 있을 거예요. 어
쨌든 그들은 저한테 세상의 **전부였어요**. 지금도 그렇고요. 플레
어 병에 걸렸을 때, 친구들은 면역인데 저는 아니라는 걸 알았
을 때 심장이 갈기갈기 찢긴 기분이었어요. 그런데 이번에 또 심
장이 찢긴 거죠……."

"넌 심장이 두 개니?"

뉴트는 웃음을 터뜨렸다. 콧구멍으로 숨이 터져 나와 크큭 웃고 말았다.

"뭐예요, 코미디인 줄 아세요? 제가 얼마나 비참한 기분인지 설명하고 있잖아요."

"알았어. 입 다물게. 계속해 봐."

뉴트는 눈을 위로 굴리며 고개를 절레절레 흔들었다.

"어쨌든. 친구들이 덴버로 가고 나서 그들을 떠날 결심을 했을 때 엄청 마음이 괴로웠어요. 그동안 심장 두 개가 다 찢어졌는데, 지금 가슴속에서 심장이 뛰는 걸 보면, 저는 심장이 세 개인가 봐요. 친구들이…… 저를 찾으러 왔단 얘길 들었을 때, 그리고 친구들이 볼링장으로 들어오는 걸 봤을 때…… 저는 정신이 완전히 나가버렸어요. 분노가 치밀어 오르면서 미쳐 날뛰었죠. 몸속 모든 액체가 부글부글 끓으면서 김을 뿜어내는 것 같았어요. 앞도 안 보이고, 들리지도 않고, 제대로 생각도 할 수 없는 상태였어요. 도저히 제어가 안 됐어요." 그는 좀 더 잘 설명할 수 있으면 좋았으리라는 생각을 하며 덧붙였다. "아까도 말했듯이, 미친 거죠."

"음. 정말 유감이야. 그다음에는 어떻게 됐어?"

뉴트는 혹이 튀어나온 부분과 멍든 부분이 욱신거려 앉은 자세를 약간 바꿨다.

"구체적인 부분은 잘 기억이 안 나요. 그냥 고래고래 악을 썼어요. 존시는 이 동네 왕처럼 굴었고, 사람들은 싸움판을 벌였어요. 제 머리는 정상적으로 작동하질 않았고요. 친구들이 여길 떠나길 바랐어요. 친구들은 저보다 훨씬 중요한 일을 해야 하거든요. 안 그래도 힘든데 친구들에게 짐이 될 생각을 하면 제 마음도 너무 괴롭고요."

그는 어깨를 으쓱하며 말을 이었다.

"그래서, 이성적인 인간이 할 만한 행동을 했어요. 맛 간 마약 중독자처럼 전기총을 들고 흔들어 대다가 존시를 쐈어요. 그리고 나를 열받게 하면 너희도 쏴버리겠다고 민호와 친구들을 위협한 거죠. 그리고 저를 따르는 크랭크 패거리에게 친구들을 마을 밖으로 내쫓도록, 버그가 있는 곳으로 돌아가게 만들도록 했어요. 제가 계획한 대로 된 거예요."

키샤는 눈썹을 치켜떴다.

"지금 누가 코미디를 하고 있는 거니?"

"제가 아줌마보다는 좀 더 웃길 걸요."

키샤는 콧방귀를 뀌었다.

"기분 나쁘게 듣지는 마, 뉴트. 넌 내 유머 감각에 발끝에도 못 따라와."

그때 단테가 소리를 냈다. 워낙 조용한 아이라 가끔은 존재 자체가 잊혔다. 지금껏 구석에서 자고 있던 단테가 낑낑대자 키샤는 얼른 그리로 가 단테를 품에 안았다. 그녀는 뉴트가 방금 말한 끔찍한 일들을 단테가 겪기라도 한 것처럼, 아들을 한참 동안 꼭 끌어안았다.

뉴트는 멍청한 질문인 줄 알면서도 물었다.

"후회한 적 있어요?"

"무슨 후회?"

"이 끔찍한 세상에 아이들을 낳아놓은 거요."

키샤의 표정이 대답을 대신했다. 정말이지 멍청한 질문이었다.

"자식을 둔 엄마한테 절대 해서는 안 되는 질문이야, 뉴트. 내 말 이해하니? 미쳤든 안 미쳤든, 그런 질문은 하면 안 돼."

"죄송해요. 오늘은 온통 무르고 싶은 일뿐이네요."

그들은 한참 동안 말없이 앉아 있었다. 뉴트는 사과를 계속하면 분위기만 더 나빠질 것 같아 입을 다물었다. 그는 단테와 단테의 미래가 안타깝고, 앞으로 무슨 일이 일어날지 모르지만 시간이 흘러갈수록 키샤가 느끼게 될 고통이 가슴 아파서 한 말이었다. 재키에 대해서도 마찬가지였다.

뉴트는 정적 속에서 입을 열었다.

"아줌마는 곧 딸을 만나게 될 거예요. 아줌마랑 단테, 아줌마 오빠까지 다 함께 살게 될 거예요. 그럼 된 거죠. 어쩌면 아줌마네 가족은 이 우주에서, 어떤 대단한 계획 속에서 큰 목표를 이뤄가고 있는지도 몰라요."

키샤가 그를 바라보았다.

"그래, 소크라테스. 그러는 넌 왜 친구들이랑 헤어지려고 하니?"

쉬이 받아들이기 힘들 정도로 가슴이 아팠다.

"말했잖아요. 친구들은 중요한 일을 해야 한다고요……."

그때 누군가 빠르고 세게 문을 두드렸다. 그러더니 들어오라
는 말도 나오기 전에 문을 벌컥 열었다. 뉴트는 깜짝 놀랐지만
문을 열고 들어온 사람은 존시였다. 마음을 놓았던 뉴트는 이 불
쌍한 남자에게 전기총을 쐈던 일을 기억하고는 심장이 또 철렁
했다.

존시가 소리쳤다.

"굉장한…… 날이야! 엄청나!"

뉴트와 키샤는 무슨 뜻인지 몰라 멍하니 그를 쳐다보았다.

그제야 존시는 설명했다.

"여기서 일하던 면역인 경비원들이 전부 일을 그만둬 버렸어.
때려치웠다고. 모여서 5분 정도 얘기를 나누더니만 그렇게 결정
을 내린 거야. 그들은 대문을 열어젖히고 무기를 챙겨들고는 담
장 밖으로 나가버렸어. 대문도 안 잠갔다니까. 오늘 아침에 우리
가 소동을 벌인 데다가, 네 미친 친구들까지 여길 찾아오니까 경
비원들이 크랭크 팰리스에서 일하는 게 얼마나 거지 같은 건지
깨달았나 봐."

존시는 웃음을 터뜨렸다. 세상에서 제일 행복한 남자처럼. 그

가 껄껄 웃을 때마다 떡 진 머리카락이 흔들렸다.

키샤가 물었다.

"진짜예요? 그럼 우린 굳이 탈출할 필요도 없는 거네?"

존시는 코를 쓰윽 만지며 대답했다.

"그렇습니다, 사모님."

키샤는 뉴트를 쳐다보며 말했다.

"난 이 바보 같은 아저씨가 드디어 정신이 나갔나 했어."

존시가 소리쳤다.

"직접 나와서 봐! 대문이 활짝 열렸고 사람들이 휴일처럼 대문 밖으로 나가고 있어."

존시는 기쁜 소식을 알리기 위해, 그들의 대답을 듣지도 않고 집 밖으로 달려 나갔다. 뉴트는 이게 정말 기쁜 소식인지 확신이 서지 않았다.

"어떻게 생각해요?"

뉴트는 전혀 기쁜 얼굴이 아닌 키샤에게 물었다.

그녀는 잠시 생각 끝에 입을 열었다.

"어떻게 생각하냐고? 무기를 가진 사람들이 무기를 안 가진 사람들을 버려두고 도망치기 시작했으니 불길한 징조지."

CHAPTER 16

다음 날, 동이 느지막하게 트는 것처럼 느껴졌다. 마치 태양이 늦잠을 자기로 한 것처럼. 곧 큰비가 내리려는 듯 하늘에 잿빛 구름이 잔뜩 끼었다.

상황이 상황이니만큼 그들은 실컷 쉬고 다음날 출발하기로 결정했다. 무엇보다 최대한 낮 시간에 이동하고 싶었다. 한밤중에 다른 탈출자들과 거리를 헤매고 싶지 않았다. 생각만 해도 으스스했다. 대부분의 주민들은 이미 이곳을 떠났다. 뉴트는 먼저 떠난 이들과 충분한 시간차를 두는 게 안전할 거라고, 시간차를 벌릴수록 낫다고 생각했다.

드디어 그들은 며칠 동안 집이라고 불렀던 작은 오두막을 나섰다. 뉴트는 처량할 정도로 자그마한 오두막을 바라보며 생각에 잠겼다. 쇠락해 가는 시간 동안 이런 곳에서, 좀처럼 소리를 내지 않는 아이와 **어렴풋이** 엄마를 떠올리게 하는 여자와 살 수 있을까. 키샤와 단테는 이제 그에게 큰 의미가 있는 사람들이지만, 여기서 이들과 완전히 미쳐버릴 때까지 살아간다면 그건 또다른 지옥일 것이다.

"저기 오네."

키샤가 말했다. 그녀는 음식과 이런저런 물품을 가득 채운 배낭을 집어 들었다. 뉴트의 등에도 비슷한 배낭이 들려 있었다. 키샤의 발 앞 땅바닥에 앉은 단테는 그들을 향해 펼쳐오는 불량배 같은 무리를 바라보았다. 단테의 눈빛은 마치 이렇게 말하는 듯했다. '지금 우리 목숨을 저들 손에 맡기겠다고?'

존시가 어딘가 수상쩍어 보이는 크랭크 여덟 명을 이끌고 길을 따라오고 있었다. 해가 뜨고 한 시간이 지난, 딱 적절한 때였다. 뉴트는 왜 하필 '불량배'라는 단어가 떠올랐는지 알 수 없었다. 엄마나 아빠가 동네를 돌아다니는 불량 청소년들을 보고 늘 썼던 표현이 아니었을까. 그 표현은 저들에게 잘 어울렸다. 저들보다 더 심한 문신과 피어싱을 하고, 가죽 부츠를 신고, 다 찢어진 조잡한 옷차림을 한 무리를 본 적이 없었다. 게다가 딱 보기에도 목욕이나 이발과는 거리를 두고 사는 게 티가 났다. 그래도 저들은 키샤가 가족을 만날 수 있게 해주자는 뉴트의 뜻에 동참해 목숨 걸고 일을 돕겠다고 나선 사람들이었다. 그거면 충분했다.

"뉴트 대장!" 존시가 우렁찬 목소리로 그를 불렀다. 환하게 웃음 짓는 그의 입안에 듬성듬성 빠진 치아가 보였다. 존시는 떡

진 머리를 한 손으로 쓰윽 쓸어 넘겼다. "일생의 모험을 떠날 준비가 됐습니까?"

뉴트는 오래된 이야기 속 카우보이처럼 고개를 끄덕였다.

"일생에서 겪을 가장 지루한 모험이 되길 바라고 있어요. 경비원들도 떠났으니 곧장 가서 일을 마치자고요. 키샤가 그러는데 여기서 30킬로미터 정도 떨어진 곳이래요."

뉴트가 모험의 시작을 선언하자, 평소 얼빠지고 멍한 표정이던 존시의 얼굴에 짐짓 진지한 기운이 스쳤다. 그들이 키샤의 가족이 있는 곳까지 아무 사고 없이 갈 가능성은 전혀 없다는 걸 존시도 아는 것이다. 가면서 상처를 입을 일이 분명 있을 것이다.

"네 말이 맞으면 좋겠다." 평소대로 태평한 표정으로 돌아온 존시가 말했다. "맞겠지 뭐. 우리 같은 사람들을 누가 건드리겠어?"

그러고는 마치 귀한 소유물을 내보이듯 친구들을 손으로 쭉 가리켰다. 어쩌면 그의 말이 맞을 수도 있었다.

존시의 여자 친구가 함께 오지 않은 걸 알아챈 뉴트는 생각보다 가슴속 깊은 곳을 찌르는 비애를 느꼈다. 여자 친구는 왜 같이 안 왔냐고 물으려다 그만두었다.

키샤가 물었다.

"경비원들이 전기총을 여기 몇 자루라도 남겨두고 갔을 리는 없겠지? 만약 그랬으면 꽤 유용할 텐데."

존시가 대답했다.

"한 자루도 없더라고요, 개새끼들. 그래도 우리가 날카로운 무기는 제법 챙겼습니다." 존시는 셔츠를 들어 올려, 바지 안쪽에 꽂아둔 유리 파편을 보여주었다. 유리 파편의 절반은 검은색 테이프로 칭칭 감겨 있었다. "이번에는 손을 베이지 않으려고 이렇게 해놨죠."

키샤는 존시를 위아래로 훑어보며 말했다.

"조심해요. 그러다 더 안 좋은 곳을 베일 수도 있어요, 나라며 그 유리를 달고 빨리 뛰지는 않을 거예요."

그러자 다들 그 말이 맞다는 듯 와자하게 웃었다.

"엄청 조심할 겁니다. 그럼 출발해 볼까요? 해가 뜬 지도 한참 됐는데."

"좋아요." 뉴트가 말했다. 정말 오랜만에 해보는 말처럼 느껴졌다. "이 빌어먹을 곳에서 그만 나가요."

그러자 키샤가 물었다.

"누가 먼저 애를 안고 갈래요?"

뉴트는 경비원들이 전부 떠났다는 게 믿기지 않았다. 대문을 나가서 담장을 몇 킬로미터 뒤에 둬야 믿을 수 있을까. 뉴트는 배낭에서 전기총을 꺼내 손에 들고, 언제라도 덤벼드는 놈을 혼쭐낼 만반의 태세를 갖췄다. 존시는 뉴트가 자기를 그렇게 혼쭐냈다며, 마치 명예 훈장이라도 받은 것처럼 그 말을 되풀이했다.

"네가 나를 혼쭐냈을 때 기억하지?" "아, 그래. 그게 바로 어제였잖아." "내가 바로 미로 소년한테 혼쭐이 난 사람이거든?" 뉴트는 스물네 시간 전에 전기총을 쏴서 감전시켰던 이 남자가 점점 마음에 들기 시작했다.

일주일 전에 통과해서 들어온 대문에 다다랐을 때 그는 문이 정말 열려 있는 걸 보았다. 순조로운 출발이 될 듯했다. 대문의 문짝 하나는 경첩 하나가 빠져서 그들 쪽으로 비딱하게 기울었다. 주변에는 개미 한 마리 보이지 않았다.

존시가 말했다.

"조심하자. 다들 뉴트와 뉴트의 엄마, 남동생을 둘러싸. 한가운데 두고 보호해."

뉴트가 반발했다.

"그게 아니죠……. 전기총을 갖고 있는 사람은 나잖아요!"

"그런 건 중요하지 않아. 내 지시에 따르도록 해."

그러고는 뉴트에게 윙크를 했다. 소름이 돋았다. 과연 이 사람이 무리의 리더 노릇을 해도 될 만큼 제정신인가 싶었다. '갖고 있는 자원을 최대한 활용해야지 뭐'라고 뉴트는 생각했다.

대문에 다다른 그들 열 명은—단테까지 포함하면 총 인원은 열한 명이지만 단테는 망보는 일을 할 수가 없으므로—둥글게 서서 사방을 경계했다. 뉴트는 언제든 귀신 같은 게 튀어나올 수 있다고 생각하며 대문 쪽을 눈여겨봤다. 하늘이 온통 회색이라

빛과 어둠 사이에서 눈이 익숙해지기가 쉽지 않았다. 이곳은 인류에게 버림받은 세상 같았다. 함께 이동 중인 몇 안 되는 무리 외에 생명의 흔적이라고는 새들이 지저귀는 소리뿐이었다.

그들은 열린 문이 아치형을 이룬 곳 아래로 지나갔다. 담장 위에서 뛰어내리는 놈도, 숲에서 갑자기 달려 나오는 놈도, 인공 날개를 등에 매달고 하늘에서 뛰어내린 놈도 없었다. 적어도 당분간은 그들뿐이었다.

뉴트는 담장을 돌아보았다. 여기로 들어오면서, 트럭이 너무 빨리 지나간 바람에 뭐라고 적혀 있는지 읽지 못한 간판이 하나 있었다. 나무판자 대문에 누군가 목판을 못으로 박아 만든 간판이었다. 간판에는 못으로 긁은 뒤 시커먼 진흙으로 그 홈을 메우고 건조시켜 표현한 짧은 글이 있었다.

여기 크랭크 있음

'멍청하기는.'

간판에 그 글을 보니 크랭크가 된 게 실감 났다. 플레어 병에 걸리기 전까지 뉴트는 크랭크라는 단어를 들으면 악귀처럼 인육을 먹는 괴물을 떠올렸다. 그도 그 지경에 이르기까지 시간이 얼마 남지 않았다. 볼링장에서 일어난 일이 징후라면 곧 곤 단계를 넘어가게 될 것이다. 간판을 바라보며 뉴트는 몸서리쳤다. 그는 곤 단계를 겪게 되기 전에 토머스가 자신을 죽여주길 바랐다. 하지만 토머스는 그렇게 해주지 않았다. 어쩌면 뉴트가 남겨둔

봉투 속 편지를 아직 읽지 않았을 수도 있었다. 어쩌면.

"어이, 뉴트 대장." 존시가 우울한 생각에 잠겨 있는 뉴트에게 말을 걸었다. "무슨 재미난 일이라도 생각났어?"

뉴트는 고개를 돌려 그를 바라보았다.

"아뇨. 그냥 나중에는 여기가 그리워질 것 같기도 해서요. 이렇게 빨리 떠나게 돼서 아쉽네요."

뉴트는 마지막으로 한 번 더 뒤를 돌아보고 싶은 충동이 일었지만, 고개를 돌리지 않고 다른 이들 뒤를 따라갔다. 크랭크 팰리스에서 참 짧게 머물다 떠나는구나, 라는 멜로드라마 같은 생각이 들기도 했다. 그는 다시는 여기로 돌아오지 않으리라 결심했다.

살아서는 다시 여기 올 일이 없을 것이다.

CHAPTER 17

뉴트는 계속 생각했다. '30킬로미터는 걸어가기엔 먼 거리야. 얼마나 이동했는지, 이동 속도가 얼마나 되는지 감이 없는 상태라 더 그렇게 느껴져.' 그러다 문득 미로에서 제일 오래 러너로 일한 민호라면 뉴트의 이런 생각을 듣고 어떻게 나올지 상상해 봤다. 아마 잘난 척하는 표정으로 웃으면서 온갖 기분 나쁜 말들, 무엇보다 장난스레 멍청이라는 말을 꼭 하지 않을까. 토머스라면 기분 나빠하지도 않고 뉴트의 생각에 일리가 있다고 말한 후, 아무 불평 없이 조용히 미로로 나가서 할 일을 끝마쳤을 것이다.

녀석들이 그리웠다. 진심으로.

그들이 조용히 이동하는 동안 하늘은 줄곧 회색빛이었다. 그들 열 명은 번갈아 가며 단테를 품에 안고 걸었다. 키샤는 아이에게 줄곧 시선을 고정했다. 하늘만 보면 비가 당장이라도 쏟아질 것 같은데 아직까지 비는 오지 않았다. 뉴트는 등에 맨 배낭이 엄청 무거워서, 공기라도 시원하니 다행이라 생각했다. 그들은 작은 마을의 거리와 기다란 시골길을 따라 걸었다. 더 위험한 일들이 벌어질지 모를 교외 지역에는 아직 다다르지 않았다. 지금까지는 그들 외에 밖에 나다니는 사람은 보이지 않았다.

바람이 뒤에서 등을 밀어주고 있어 약간이나마 도움이 됐다.

"한 번 더 확인해 봐요." 존시 무리와 간격이 조금씩 벌어지는 몇 번 안 되는 기회가 올 때마다 그랬듯, 뉴트는 이번에도 키샤에게 속삭였다. 존시 무리는 서른 걸음쯤 앞서가고 있었다. "시간 낭비할 여유 없어요."

지금은 뉴트가 단테를 안고 갈 차례라, 단테는 뉴트의 어깨에 머리를 기대고 조그맣게 코를 골며 자고 있었다. 단테는 여기가 무슨 스코치Scorch(초열 지역)라도 되는 것처럼 자면서 땀까지 흘렸다.

키샤는 뉴트처럼 앞서가는 이들 눈치를 보며 그를 슬쩍 곁눈질했다. 휴대폰에 관한 어마어마한 비밀을 공유한 두 사람은 주변에 굉장한 청력과 시력을 가진 엄청난 스파이라도 있는 양 굴고 있었다. 게다가 둘 다 이런 상황에서 평정을 유지하는 게 힘겨운 사람들이었다. 작동하는 휴대폰을 갖고 있는 게 너무 말도 안 되는 일이라, 아무도 의심할 리 없었지만. 두 사람은 존시 무리에게 휴대폰이라는 마법 장치의 존재에 대해 알리는 건 좋지 않다는 합의를 봤다. 존시 무리가 아무리 전지전능한 뉴트니 뭐니 해가며 뉴트에게 고개 숙이고 그의 뜻을 따른다고 해도 그들에게 알려서는 안 되었다.

"어디로 가야 하는지 내가 잘 알아, 뉴트." 키샤는 뉴트도 겨우 들을 수 있을 만큼 목소리를 낮췄다. "난 평생 여기서 살았고 우리 오빠도 그래. 게다가 난 바보가 아니야."

"그런 뜻이 아니잖아요." 뉴트는 조심스럽게 단테를 움직여 다른 쪽 어깨에 기대게 했다. 이 아이가 그만 깨서 제 발로 걸어 주면 좋겠다는 생각을 했다. 그럼 무게 때문에 등에 가해지는 통증을 좀 덜 수 있을 텐데. 그래도 꿋꿋이 안고 가는 뉴트는 멋진 형 아닌가. 삼촌이라고 해야 할까? 어쨌든. "무슨 일이 생겨서 오빠라는 분이 계획을 변경했으면 어쩌려고요? 만나기로 한 장소를 바꿨으면요? 우리가 약속 장소에 갔는데 그들을 못 만나고 결국 시간 낭비만 한 게 되면요? 그러니까 확인해 보라고요."

키샤는 불쾌한 기분을 숨기지 않고 무겁게 한숨을 쉬었다.

"너무 겁난단 말이야. 이 망할 기계를 켤 때마다 정신적 충격을 받아. 혹시 끔찍한 소식이라도 와 있을까 봐. 배터리가 얼마 안 남기도 했고. 거의 바닥났어."

"알았어요." 말과는 달리 뉴트는 키샤의 의견을 받아들일 수 없었다. 아무리 생각해도 잠깐만 켜고 얼른 확인을 해보는 게 나을 듯했다. 하지만 그 말을 내뱉지는 않았다. 전원을 껐다 켰다 하는 게 배터리 자체의 수명에 얼마나 악영향을 주는지에 대해 또

다시 잔소리를 듣고 싶지 않았다. "우리가 지금 이대로 계획을 유지해도 되는지만 알면 좋겠어요. 어젯밤 잠들기 전에 확인한 후로 한 번도 확인 안 했잖아요."

"너 진짜 치질 앓는 노인네처럼 굴래? 변비 걸린 것 같은 얼굴로 계속 투덜대고 오만 걱정을 다 하고 있잖아. 단테가 널 싫어하지 않는 게 이상해."

독한 말과는 달리 키샤는 미소 짓고 있었다.

뉴트는 단테의 등을 토닥였다.

"얘가 저를 얼마나 좋아하는지 알잖아요. 아줌마보다 저를 더 좋아할걸요. 오늘 아침에도 그렇게 말했는데."

"단테는 말 안 해."

"아, 그런가요."

그들은 1, 2분쯤 조용히 걸어갔다. 그녀의 침묵에 뉴트는 돌아버릴 것 같았다.

"정말 확인 안 할 거예요? 후딱 한 번만 확인하죠?"

키샤는 코와 입으로 또다시 무겁게 한숨을 푹 내쉬었다.

"확인하면 입 닥칠 거지?"

"물론이죠."

"알았어. 저 사람들한테 나 소변 볼 거라고 말해."

뉴트가 잠시 이동을 멈춰달라고 앞서 가던 무리에게 소리친 바람에 단테가 놀라서 깼다.

"미안, 미안." 뉴트는 키샤가 아이를 달랠 때나 재울 때 그랬 듯이 몸을 위아래로 슬슬 흔들며 속삭였다. "내 차례가 끝났다, 꼬맹아. 넌 어떻게 하룻밤 사이에 무게가 20킬로그램은 늘어난 것 같냐?"

단테는 대답하지 않았다. 언제나처럼. 울지 않는 것만도 다행 이라고 뉴트는 생각했다.

몇 분 뒤 키샤는 휴대폰도 확인하고 개인적인 볼일도 볼 겸 들어갔던 키 큰 풀숲에서 걸어 나왔다. 키샤는 존시에게 손을 흔 들며 기다려 줘서 고맙다고 말한 뒤 뉴트 쪽으로 걸어왔다.

"이제 내가 안을까?"

"예. 그러세요." 뉴트는 흔쾌히 단테를 키샤에게 넘겼다. "어 떻게 됐어요?"

유리 파편을 무기로 소지한 호위부대가 다시 이동을 시작했 다. 존시는 키샤가 방광이 작아 오줌을 자주 누는 모양이라고 큰 소리로 떠들어 댔다. 뉴트와 키샤는 뒤쳐져서 무리를 따라가는 소들처럼 그들 뒤를 따라갔다.

"문자 왔어요?"

뉴트는 재차 물었다. 조급해지니 머리가 아팠다.

키샤는 고개를 끄덕였다. 그녀가 존시를 보며 입가에 띄웠던 가짜 미소가 사라졌다. 뉴트는 심장이 철렁했다. 키샤가 말을 해쥐야 심장이 다시 뛸 것 같았다.

"안 좋은 소식이에요?"

"아니, 아니야. 꼭 그렇지는 않아. 약간 걱정은 되지만."

"왜요? 뭐라고 왔는데요?"

키샤는 걱정스러운 눈빛으로 그를 한 번 쳐다보며 말했다.

"'서둘러'라고만 왔어."

일몰까지 세 시간 남았다.

그들은 교외 지역이 시작되는 지점에 이르렀다.

길게 뻗은 주택가와 작은 상가 구역, 스트립몰(번화가에 상점들과 식당들이 일렬로 늘어서 있는 곳—옮긴이)이 보였다. 사람들이 확실히 눈에 띄게 늘었다. 하지만 대부분 모습을 들키자마자 얼른 숨어버리거나 도망치거나 커튼을 닫아버렸다. 곧 단계를 지난 것 같은 크랭크는 보이지 않았다.

존시는 깡통에서 개밥 같은 것을 손으로 퍼내며 말했다.

"내가 이런 말을 하게 될 줄 몰랐는데 칠리라면 이제 질렸어. 특히 차가운 칠리."

그들은 주차장 가장자리에 둥그렇게 모여 앉았다. 총 열한 명이었다. 그 한가운데서 단테는 그들이 찾아낸 버려진 테니스공을 갖고 노는 중이었다. 여기는 원래 네일숍과 세탁소가 있던 자리 같았다. 뉴트는 둘 다 실제로 본 적은 없었다. 창문마다 널빤지가 박혀 있었지만 문짝 두 개가 경첩에서 이미 뜯겨나간 터라 널빤지는 있으나 마나였다. 두텁고 시커먼 먹구름이 여전히 비를 예고하며 머리 위에 머무르고 있었다.

"미로에서도 비가 왔어?"

키샤가 물었다. 키샤는 그래놀라 바를 먹고 있었는데, 표정을 보아하니 씹을 때마다 고역인 모양이었다.

키샤가 갑자기 미로 얘기를 꺼내자 뉴트는 놀란 속내를 감추느라 옥수수를 한 입 퍼먹었다. 통조림에 든 차가운 옥수수였다. 입안에 씹히는 옥수수 알갱이가 영 구미에 맞지 않았지만 배가 고프니 억지로 씹어 삼키고 있었다.

"예. 비가 왔어요." 미로를 기억하는 것 자체가 괴로웠다. "거기엔 가짜 하늘에 가짜 태양까지 모든 게 가짜였어요. 그들이 어떻게 비까지 내리게 했는지 모르겠는데, 거기는 온갖 첨단 장비들이 있었거든요. 사물을 실제보다 더 크고 더 진짜처럼 보이도록 착시를 일으키는 기술을 썼어요. 태양이 하늘에 멈춰버린 날은 아마 평생 못 잊을 거예요. 거의 환각 증상 같은 얘기죠. 진짜 괴상했어요."

"그게 어떻게 가능했을까?" 존시의 친구 중 하나인 여자가 물었다. 뉴트는 그 여자의 목소리를 처음 들었다. "우린 그런 곳에 관한 온갖 소문을 들었어. 거기서 실험을 한다고 했어. 온통 무시무시한 얘기들이었지. 대부분 헛소문이었지만."

뉴트는 옥수수 통조림을 내려놓고 그 옆에 플라스틱 스푼도 천천히 내려놓았다. 손이 부르르 떨렸다.

'안 돼, 안 돼, 안 돼. 안 돼, 안 돼, 안 돼.'

또 그 증상이 나타나고 있었다. 몸속에서만 그러는지 겉으로도 그러는지 모르겠지만 온몸이 와들와들 떨리는 기분이었다. 위장에 신물이 올라왔다. 눈 뒤쪽에 찌르는 듯한 통증이 느껴지더니, 마치 추처럼 두개골 앞뒤로 왔다 갔다를 되풀이했다. 눈을 질끈 감았다. 레몬에서 즙을 짜내듯 통증을 쥐어짜 내고 싶었다.

키샤가 조심스레 그를 불렀다.

"뉴트? 괜찮아?"

그는 고개를 끄덕였지만 여전히 눈을 감고 있었다. 말을 똑바로 하려면 힘을 주어야 했다. 그는 가쁜 숨을 내쉬며 겨우 입을 열었다.

"두통 때문에요. 물을 충분히 마시지 않아서 그런가 봐요."

'제발, 제발, 제발. 꺼져, 플레어. 키샤와 어린 아들이 가족을 만날 수 있게 도와줘야 돼. 그때까지만 기다려. 그 후에는 너 하고 싶은 대로 날 잡아먹어도 좋아. 그때는 나도 곧 단계를 넘어갈 준비가 돼 있을 테니까.'

뉴트는 천천히 고개를 저었다. 지금 뭘 한 거지? 빌어먹을 바이러스에게 애원한 건가?

누군가 그에게 물병을 건넸다. 고개를 들고 보니 존시였다.

물통 뚜껑은 이미 열려 있었다. 뉴트는 숨 한 번 안 쉬고 물을 벌컥벌컥 마셨다. 그러고 나서 숨을 몇 번이나 크게 들이쉬었다가 내뱉었다. 분노가, 볼링장에서 그를 집어삼켰던 붉은 안개 같은 증오의 기운이 또다시 그의 세포와 뼛속에 스며들기 시작했다. 눈앞에 안개가 낀 듯 시야가 흐려져 다시 눈을 감았다. 지금 분노가 치밀 이유는 없었다. 전혀.

'제발, 가.'

누군가 그의 어깨에 가볍게 손을 얹었는데 뉴트에게는 끝에 독이 묻은 날카로운 발톱처럼 느껴졌다. 그 발톱이 그의 살을 찢고 그를 고통 속에 썩어 문드러지게 만들 것만 같았다. 뉴트는 비명을 지르며 그것을 밀쳐내고 눈을 떴다. 키샤였다. 키샤는 화를 내거나 두려워하는 대신 애잔한 눈빛으로 미간에 주름을 잡았다.

뉴트가 조용히 말했다.

"죄송해요. 죄송해요."

키샤가 무어라 말했지만 그의 귀에는 들리지 않았다. 쿵쿵 뛰는 그의 심장 박동에 맞춰, 우웅우웅 하는 백색 소음이 귀를 가득 채웠다.

"좀 있으면 가라앉을 거예요."

뉴트는 간신히 말하고는 모로 누워 몸을 웅크렸다. 가슴까지 끌어올린 두 다리를 부둥켜안았다.

그리고 기다렸다.

CHAPTER 18

어느 시점에서 다행히 그의 머리는 '이제 됐다' 하며 의식을 놓
았다. 그는 깊고 깊은 잠으로 빠져들었다. 꿈도 기억도 없는 텅
빈 검은 공간이었다. 그리고 겨우 몇 초가 지난 것 같은데 키샤
가 그를 부드럽게 흔들어 깨웠다.

키샤는 그의 이름을 몇 번이나 불렀고 마침내 뉴트는 눈꺼풀
을 파닥이다가 눈을 떴다. 고통도, 소음도, 안개도 사라졌다. 다
시 멀쩡해진 기분이었다.

"정신 차리고 일어나. 다 괜찮아. 괜찮을 거야."

키샤는 그의 손을 잡고 주차장의 단단한 시멘트 바닥에서 일
으켜 주었다. 그는 다리를 옆으로 뻗으며 일어나 앉았다. 통증이
나 구역질이 밀려들 줄 알았는데 아무 일도 일어나지 않았다.

"제가 얼마 동안 이러고 있었어요?"

"한 시간쯤. 안 깨우려고 했는데…… 곧 해가 질 것 같아서.

어두워진 후에 여기 이러고 있는 건 너도 싫잖아. 지금부터라도 서두르면 약속 장소까지 시간 맞춰 갈 수 있을 거야."

뉴트는 키샤를, 키샤의 다정한 얼굴을 바라보았다. 이 넓은 세상에서 어떻게 이런 누나 역할을 해주는 사람을 만났을까? 키샤와 알고 지낸 지가…… 얼마나 됐지? 일주일? 그런데 그는 키샤에게 가족한테나 느꼈을 법한 온기를 느끼고 있었다. 엄마, 아빠, 여동생…… 삭제됐던 기억의 부옇고 어두운 측면에서 그든에 관한 추억이 조금씩 떠올랐다. 그는 나지막하게 말했다.

"고마워요, 키샤. 저를 여기 버리고 갈 수도 있었을 텐데. 그랬으면 지금쯤 약속 장소에 도착했을 텐데. 고마워요."

"말도 안 되는 소리 마." 키샤는 짐짓 나무라는 표정으로 말했다. "우리를 그곳으로 데려다주겠다고 네가 약속했잖아. 난 남자답게 능력을 발휘하려는 네 자존심을 짓밟고 싶지 않아. 그래서 기다린 거야. 네가 우릴 구하는 시늉이라도 하게 해주려고."

뉴트는 소리 내어 웃었다. 가라앉은 웃음소리가 목구멍을 타고 올라왔다.

"누가 누굴 구하겠어요. 그냥 가족들이 만날 수 있도록 먼 길을 함께 걸어가 주는 것뿐인데요."

"아멘. 이제 일어나. 출발하자."

한 시간 후, 그들은 낡은 집들이 늘어선 황폐한 동네에 도착했다. 집마다 창문은 박살 났고 덧문은 못 하나에만 의지해 겨우 걸려 있었다. 페인트는 벗겨지고 지붕의 타일은 절반밖에 남아 있지 않았다. 거대한 나무들 중 절반은 죽은 나무였다. 오랫동안 이런 상태로 방치된 동네임을 알 수 있었다. 잡초가 잔디를 대신 한 지도 10년은 족히 되어 보였다.

"딱 할머니 집이 있을 법한 동네네."

존시가 말했다.

할머니 집. 그들이 키샤의 오빠, 그리고 재키를 만나기로 한 약속 장소였다. 마을 입구 쪽을 보니 갈라진 벽돌 벽에 '노먼 다 운스'라는 마을 간판이 붙어 있었다. 마을 이름은 고급스러웠지 만 이렇게 낡지 않고 지어진 지 얼마 안 됐을 시점에도 그다지 멋진 마을은 아니었을 듯했다.

키샤는 꼼짝 않고 무표정하게 서서 앞만 바라보았다. 뉴트는 키샤의 어깨에 한쪽 팔을 두르고 꽉 안아주었다. 그리고 단테의 볼을 살짝 꼬집으며 말했다.

"드디어 왔네요. 드디어……."

키샤는 조용히 하라는 손짓을 해보였다.

"미쳤어? 왜 재수 옴 붙게 벌써 그런 말을 해." 키샤는 눈을 감고 목을 뒤로 젖혔다가 단테의 정수리에 턱을 갖다 대며 말했 다. "너무 겁이 나서 마을 안으로 못 들어가겠어, 뉴트. 너무 무 서워."

그는 무슨 말을 해야 할지 판단이 서지 않았다. 적당한 말을 찾으려 애쓰며 물었다.

"그럼 제가 들어갈까요? 어느 집인지 말해주면 가서 확인하고 올게요. 뛰어갔다 오면 돼요."

키샤는 대답 대신 단테를 그에게 떠밀 듯이 안겼다. 그러고는 등에 매고 있던 배낭을 벗어서 바닥에 내려놓고 큰 주머니의 지퍼를 열었다.

"키샤, 그러지 말아요!" 뉴트가 나지막하지만 세찬 목소리로 말렸다. 하지만 키샤는 존시를 비롯한 다른 일행이 보든 말든 신경 안 쓴다는 듯 배낭 주머니에서 휴대폰을 끄집어냈다. "뭐 하는 거예요?"

그녀는 생기 없는 목소리로 대답했다.

"마지막으로 확인해 봐야겠어. 이제 다 상관없어."

존시 패거리인 여자가 물었다.

"그거 어디서 났어? 그런 게 아직도 작동하는 줄 몰랐는데."

키샤가 휴대폰의 전원이 켜지길 기다리며 대꾸도 하지 않자 존시가 대신 대답했다.

"특별한 사람들만 쓰는 거야. 건방진 상류층들. 이제 보니까 우릴 말썽에 휘말리게 만드는 멋쟁이가 뉴트 말고도 또 있었네."

내용만 들으면 위협적으로 들릴 수도 있는 말이었지만, 그 말을 하는 존시의 표정은 그저 태평했다. 하지만 존시의 패거리 몇 명이 자기네끼리 구시렁거리고 있어서 뉴트는 신경이 곤두섰다.

뉴트가 재촉했다.

"그냥 마을에 들어가서 확인해 봐요. 휴대폰 켜지는 게 왜 이렇게 오래 걸려요? 어차피 다 왔는데, 직접 가서 확인하면 되잖아요."

키샤는 대답하지 않았다. 마침내 휴대폰 화면이 켜졌다. 저물어가는 황혼의 빛처럼 휴대폰 화면이 그녀의 얼굴에 빛을 뿌렸다.

"맙소사."

"왜요? 무슨 문자인데요?"

그녀는 대답 대신 마을 안쪽으로 향하는 길을 따라 달리기 시작했다. 배낭도, 아이도, 일행도 모두 뒤에 남겨둔 채로. 뉴트는 놀라고 당황해서 그 자리에 멍하니 서 있다가 단테를 두 팔로 단단히 껴안고 그녀를 쫓아 달려갔다.

그들은 다 허물어져 가는 수십 채의 집들을 지나갔다. 지붕은 무너졌고 집 안은 폐수처럼 캄캄했으며 박살 난 창문 뒤는 마치 또 다른 차원처럼 시커멓게 일렁거렸다. 키샤는 모퉁이를 돌고 또 돌았다. 얼마 지나지 않아서 다른 집들보다는 상태가 좀 나아 보이는 어느 집 앞에 멈춰 섰다. 집 안에서 불빛이 흘러나오고 있었다. 밤의 고요함을 깨는 털털거리는 발전기 소리도 들려왔다.

뉴트는 키샤 옆으로 다가가 숨을 몰아쉬며 잠시 단테를 바닥에 내려놓았다.

"무슨 문자가 왔는데 그래요?"

키샤는 그를 바라보며 대답했다.

"'위키드가 여기 왔어'라고 왔어."

"위키드요?" 너무 뜻밖인 데다 여기까지 달려왔더니 숨이 차고 가슴이 아파서 뉴트는 별 느낌이 없었다. "무슨 일이죠? 그들이 왜 왔을까요?"

"알아봐야지."

단테를 품에 안은 키샤는 활짝 열린 문을 향해 걸어갔다.

뉴트가 그녀의 팔을 잡았다.

"뭐예요? 잠깐만요. 우선…… 생각 좀 해보고요."

"그들이 내 딸을 데리고 있어, 뉴트. 내 오빠도. 생각하고 말게 어디 있어." 키샤는 그녀의 손목을 단단히 붙잡은 그의 손가락을 내려다보았다. 뉴트는 그녀의 손을 놓았다. 그의 손은 마치 뼈가 없는 것처럼 옆으로 힘없이 늘어졌다. "여기서 잃을 게 뭐가 있겠어? 넌 이제 가. 진심이야. 넌 위키드와 안 좋게 엮인 과거가 있잖아."

뉴트는 문 앞에 드리워진 거미줄을 치우며 고개를 저었다.

"난 실험 대조군이었을 뿐이에요. 그들은 나에 대해 더는 신경 안 써요. 뭐 하러 신경을 쓰겠어요? 그런데 그들이 여기 왜 온 거죠?"

키샤는 한숨을 푹 쉬었다.

"지금 대답하긴 버거운 질문이네. 들어가 볼게."

"같이 들어가요." 키샤가 못 들어오게 밀어내려 했지만 뉴트는 완강했다. "저도 잃을 게 없어요. 아무것도요."

"그건 반박 못 하겠다."

잔디밭을 가로지른 키샤는 열린 현관문으로 다가갔다. 나무 계단 세 칸 위쪽에 곧 무너질 듯한 현관이 보였다. 뉴트는 키샤 바로 옆에서 따라갔다. 발을 디딜 때마다 계단이 삐걱거렸다. 키샤는 현관문 앞에서 망설이지 않고 곧장 집 안으로 들어갔다. 그 모습을 보면서 뉴트는 미로에서 봤던 친구들의 용감한 모습을 떠올렸다. 뉴트는 등골이 오싹했지만 조용히 그녀를 따라갔다.

그들은 뒤쪽에 주방이 보이는 널찍한 거실로 들어갔다. 낡아 빠진 소파 양옆에 켜놓은 램프 두 개에서 따뜻한 빛이 흘러나오고 있었다. 소파는 여기저기 덩어리가 졌고 찢어졌으며 가운데가 푹 꺼져 있었다. 그 푹 꺼진 자리에 한 남자와 십 대 초반으로 보이는 소녀가 앉아 있었다. 그들 뒤로는 반들거리는 검은 갑옷을 입은 위키드 군인 두 명이 서 있었다. 뉴트와 키샤, 단테를 크랭크 팰리스로 데려간 자들과 비슷한 복장이었다. 위키드는 뉴트를 부모한테서 훔쳐가 온갖 고생을 하게 만든 단체의 이름이었다. 혹시나 의심이라도 할까 봐 그런지 위키드 군인들은 가슴에 '위키드'라 적힌 배지까지 착용했다.

"엄마!"

키샤를 본 소녀가 소파에서 벌떡 일어서며 외쳤다.

"재키."

키샤는 숨죽여 딸의 이름을 불렀다. 그리고 앞으로 달려가 딸을 품에 꼭 안았다. 키샤의 오빠도 와서 그들 가족 네 명은 다 같이 서로를 얼싸안았다. 위키드 군인 두 명은 그들의 만남을 저지하지 않았다, 헬멧이 입글 가리개 너머로 뉴트를 바라보고 있을 뿐이었다.

뉴트는 심장이 철렁했다. 설마 그를 데려가려고 온 걸까? 물론 그럴 것이다. 하지만 왜 굳이 키샤가 가족들을 만날 때까지 기다렸을까? 그전에 아무 때나 와서 뉴트를 잡아갈 수도 있었을 텐데. 뉴트는 무슨 말을 해야 할지 모르겠어서 바닥만 내려다보았다. 눈앞에서 가족들이 감격스레 상봉하고 있는데 자기 생각만 하는 것 같아 부끄럽기도 했다.

잠시 후 가족들한테서 약간 뒤로 물러난 키샤는 괴상한 복장을 한 낯선 자들을 쳐다보며 물었다.

"우리 할머니 집에는 무슨 일로 오셨죠? 내 딸과 우리 오빠한테 무슨 짓을 하려는 거예요?"

불청객들 중 한 명이 입을 열었다.

"뉴트의 친구들이 나쁜 짓을 꾸미고 있어서 온 거다."

기계 장치를 통해 흘러나오는 남자의 목소리였다.

그 옆의 동료가 뉴트를 손가락질하며 말했다.

"우린 담보물을 확보하러 왔어." 미로의 벽만큼이나 단단하게 들리는 여자의 목소리였다. "상관의 지시로."

CHAPTER 19

"무슨 뜻이에요? 내 친구들한테 무슨 일 있어요?"

뉴트가 묻자 여자가 대답했다.

"친구들이 무슨 짓을 하려고 했는지는 네가 잘 알잖아. 걔들이 라이트 암Right Arm(오른팔) 조직의 일을 망쳐놓으려 들지만 않았어도 우린 계속 모른 척 내버려 뒀을 거다. 그러면 안 되는 거야, 뉴트. 네 친구들이 뇌 삽입장치까지 제거했을 때 페이지 총장님도 더는 못 참겠다고 하셨어. 넌 아직 그 장치를 갖고 있으니 다행이지. 안 그래?"

뉴트는 굳이 바이러스 때문이 아니더라도 핏속에서 분노가 끓어올랐다.

"왜 당신들은 늘 그런 식으로 말하죠? 대체 얼마나 속이 뒤틀렸길래 이런 일을 즐거워해요?"

"즐거워한다고?" 여자는 그 한마디에 혐오감을 오롯이 담아

냈다. "우리라고 얼마 남지 않은 귀중한 시간에 면역인들 상대 하는 일이나 하고 싶겠어? 면역인들은 지독하게 이기적이라서 인류 전체를 구하기 위한 소소한 희생조차 안 하려고 하는데?"

이번에는 뉴트가 여자가 한 말을 되풀이하며 반박했다.

"소소한 희생이요? 말 참 쉽게 하시네요."

뉴트는 어떻게 이렇게 차분하게 말이 나오는지 알 수 없었다. 속으로는 고함이라도 지르고 싶었다. 하지만 키샤와 그녀의 가족 을 생각하면 분위기를 험악하게 만들 수는 없었다. 참아야 했다.

남자가 명령했다.

"다들 소파에 가서 앉아. 네 친구들에게 보낼 간단한 메시지 를 녹화해야 하니까. 싸우지들 말고. 제발 싸우지 마. 지금 내가 참고 있을 기분이 아니야."

키샤가 물었다.

"메시지라뇨? 우리를 왜 거기 끌어다 넣어요?"

남자는 어깨를 으쓱했다.

"나도 몰라요, 아줌마. 쓸데없이 일을 어렵게 만들지 맙시다. 알겠죠? 우린 우리 일을 할 뿐입니다. 우리도 이런 일 하고 싶지 않아요. 그러니까 열받게 하지 마세요."

"알겠는데……."

그때 앞마당 쪽에서 날카로운 고함 소리가 들려와 키샤는 말 을 이어가지 못했다. 놀리는 것 같기도 하고 야유를 퍼붓는 것 같기도 한 소리였다. 이어서 박살 난 주방 창문을 통해 뒷마당 쪽에서도 그런 소리가 연달아 들려왔다. 고함과 휘파람, 비명이었다. 누가 저런 소리를 계속 내는지 모르겠지만 아무런 의미도 담겨 있지 않은 소음에 불과했다.

"미치겠네." 여자 위키드 군인이 주절거렸다. "네가 데려온 크랭크 친구들이냐? 크랭크 팰리스에서부터 너랑 같이 온 놈들?"

"모르겠어요." 뉴트는 솔직하게 대답했다. 존시 패거리가 내는 소리이길 바랐지만 진실을 누가 알겠는가? "우리더러 찍으라는 영상은 대체 뭐죠? 혹시 토머스 일행에게……."

세상이 끝장난 것처럼 요란한 쾅 소리에 뉴트는 생각의 끈이 끊겨버렸다. 그는 비명을 지르며 소리의 근원을 향해 고개를 홱 돌렸다. 짐승처럼 커다란 트럭이 이 집 앞쪽 창문을 부수고 집 안으로 밀고 들어왔다. 앞에 그릴이 있는 트럭이었다. 그 바람에 유리가 박살 나고 부서진 나무 조각이 사방으로 튀었다. 갑작스러운 난입에 놀라 입을 딱 벌리고 쳐다보는데, 부서진 천장에서 회반죽이 비처럼 우수수 쏟아져 내렸다. 침대가 운전석 위쪽에 부딪쳤다가 옆으로 미끄러지면서 바닥으로 떨어졌다.

운전석 문이 벌컥 열렸다. 검은 옷을 입은 또 다른 위키드 군인이 몸 대부분을 차 안에 둔 채 머리만 내밀고 소리쳤다.

"어서 타! 저 밖에 크랭크들이 잔뜩 있고 추가로 더 몰려오고 있어!"

그 순간 뉴트는 날카롭고 단단한 무언가가 등 한가운데를 후려친 듯한 충격을 받았다. 무릎을 꿇은 뉴트는 그 군인의 새까만 얼굴 가리개를 올려다보았다. 얼굴 가리개에 뉴트의 얼굴이 뒤틀린 채 반사되었다.

여자 군인이 말했다.

"다들 죽고 싶지 않으면 말 들어. 싹 다 트럭 뒤쪽으로 올라타, 당장!"

여자의 동료가 조수석 쪽으로 달려가더니 뒤쪽 칸의 문을 열고 마치 아이들을 대하듯 뉴트 일행에게 어서 타라며 손짓했다.

뉴트가 또 미쳐 날뛸 것 같은 분위기임을 감지한 키샤가 황급히 말했다.

"어서 가자. 어서 저 빌어먹을 트럭에 타자고." 키샤는 오빠와 딸을 열린 문 쪽으로 데리고 가며 말을 이었다. "존시와 그의 멍청한 친구들 말고 다른 크랭크들도 많이 있는 것 같아. 어서 가야 돼."

뉴트는 손과 발에 감각이 없었다. 아니 온몸이 그랬다. 회개하는 사제처럼 바닥에 무릎을 꿇고 앉아 있자니 이대로 움직이지 못할 것 같은 기분이었다. 그러자 여자 군인이 뉴트를 챙기기 시작했다. 곧장 달려와 뉴트의 팔을 잡더니 깜짝 놀랄 만큼 센 힘으로 그를 일으켜 세웠다. 그리고 키샤를 비롯한 일행들의 뒤를 따라 뉴트를 트럭 쪽으로 질질 끌고 갔다. 뉴트 일행을 트럭 뒤쪽 좌석에 쑤셔 넣은 뒤 문을 세차게 닫았다. 위키드 군인들은 재빨리 트럭 앞쪽 좌석에 올라탔다. 그들이 조수석 문을 닫기도 전에 운전석에 앉은 군인은 엔진의 회전 속도를 높이고 트럭을 후진시켰다. 트럭은 박살 난 벽과 잔해를 밟고 앞마당으로 나갔다. 타이어가 회전하면서 온갖 것들이 와그작와그작 밟히는 소리가 들렸다. 뉴트는 앞마당에 있는 크랭크들의 얼굴과 팔, 머리카락, 휘둥그레진 눈을 보며 속이 메스꺼워졌다. 마침내 트럭은 방향을 꺾어 도로로 나섰다. 요란한 엔진음을 내며 도로를 달려 마을 입구로 향했다.

뉴트는 생각했다.

'이게 무슨 일이지? 내 인생은 한 번도 편안하게 잘 풀리는 날이 없는 건가?'

뉴트는 키샤와 바짝 붙어 앉았다. 키샤는 두 아이를 무릎 위에 얹고 꼭 끌어안은 채였다. 키샤의 오빠는 뉴트 일행과 한 번도 눈을 맞추지 않았다. 이렇게 사태 전환이 이루어지기 한참 전부터 그는 인생을 포기해 버린 사람 같았는데, 지금도 옆 차창 밖을 멍한 눈으로 내다보고 있을 뿐이었다. 키샤는 한 마디도 하지 않았다. 그녀의 자식들은 최대한 소리 죽여 울었다. 뉴트는 신경이 곤두서고 분노가 끓어올라 몸속의 혈관이 죄다 터져버릴 것 같았다. 이건 바이러스 탓만은 아니었다. 그는 분노로 몸을 떨었다. 위키드가 그에게 한 온갖 끔찍한 짓들 때문에 견딜 수가 없었다. 떨림은 멈추지 않았고 앞으로도 그럴 것이다.

앞자리에 앉은 세 군인들은 앞만 쳐다보면서 뉴트에게 등을 보이고 있었다. 분명 방법이 있을 것이다.

돌연 트럭이 멈춰서면서 뉴트의 몸이 앞으로 확 쏠렸다. 그는 오른쪽 좌석의 머리 받침대에 코를 박았고 키샤와 아이들은 뉴트 쪽으로 붙었다. 뉴트는 앞 유리 너머를 내다보았다. 도로에 사람들이 마치 종이 인형처럼 서로 손을 잡고 가로로 쭉 늘어서 있었다. 한가운데 선 사람은 황홀경에 빠진 듯 눈이 번들번들한 존시였다.

여자 군인이 운전 중인 군인에게 소리쳤다.

"왜 세웠어?"

"왜 세웠냐고? 왜 세웠을 것 같아? 도로에 사람들이 있잖아. 안 보여?"

"그냥 치고 갔어야지!"

그 군인이 반박하기 전에 운전석과 조수석 쪽 차창이 탕탕 두드리는 소리와 함께 안쪽으로 박살 났다. 수많은 팔과 손이 차창 너머로 들어왔다. 좁은 트럭 안에 다 태우기에는 숫자가 어마어마하게 많았다. 크랭크들은 안으로 손을 뻗어 군인들을 붙잡더니 문짝 안쪽의 손잡이를 당겨 문을 열었다. 위키드 군인들은 저항하며 발버둥을 쳤지만 곧 트럭 밖으로 끌려 나갔다. 군인들은 침입자들이 헬멧을 벗기지 못하게 하려고 안간힘을 썼다. 하지

만 여군의 헬멧은 곧 벗겨졌고 상처투성이 하얀 얼굴이 드러났
다. 삐죽빼죽한 손톱이 얼굴을 할퀴어 새로운 상처를 만들자 여
군은 비명을 내질렀다.

크랭크 팰리스에서부터 뉴트와 함께 온 존시 패거리는 아니었
다. 트럭으로 모여든 수십 명의 크랭크들을 보니 일부는 곧 단계
를 지났고 일부는 광기보다는 분노가 앞선 표정이었다. 악몽 같은
비명과 주체할 수 없는 힘에 휩싸인 크랭크들은 원초적인 즐거움
을 맛보며 위키드 군인 세 명을 집중 공격했다. 군인들은 옷이 벗
겨지고 헬멧이 박살 났으며 주먹과 막대기와 길가의 돌로 온몸을
구타당했다. 뉴트는 차창 밖으로 보이는 광경에 경악했다. 곧 플
레어 병으로 인한 폭풍이 그의 머릿속에 몰아치기 시작했다. 폭력
적인 광경과 무시무시한 소음이 그의 광기를 자극한 것이다.

"뉴트!"

키샤가 악을 썼다.

뉴트는 그녀를 돌아보았지만 눈앞에 어른거리는 점들 때문에
앞이 제대로 보이지 않았다.

"왜요."

그는 나지막하게 대꾸했다.

"난 애들이 있고, 우리 오빠는 전쟁 신경증(전쟁 중에 겪었던 경
험과 관련되어 발생하는 외상적 신경증—옮긴이) 때문에 운전을 못
해. 그러니까 얼른 일어나서 운전대를 잡고 여길 빠져나가!"

전쟁 신경증이라니. 그런 게 있는 줄도 몰랐다. 뇌와 신경에 붉은 분노의 파도가 몰아치는 것보다 더 사람을 못 쓰게 만드는 병이 있다는 게 믿어지지 않았다. 또다시 거센 함성과 잡음이 그를 뒤덮었다. 그 소음을 뚫고 나아가려, 뭐든 붙잡고 버티려 안간힘을 썼다. 남자 크랭크 하나가 앞좌석으로 올라와 운전대 밑으로 다리를 집어넣었다. 그 순간 뉴트가 움직이기 시작했다.

뉴트는 짐승처럼 벌떡 일어나 악을 쓰면서 앞으로 몸을 뻗었다. 등받이를 넘어 앞좌석으로 상반신을 뺀 뉴트는 트럭으로 들어온 크랭크를 붙잡았다. 크랭크의 어깨를 잡고 지렛대로 삼아 앞좌석으로 나머지 몸뚱이를 넘겼다. 다리가 좌석 바닥에 닿자마자 크랭크 남자의 얼굴에 주먹을 날렸다. 하지만 바닥에 두 발을 온전히 디딘 상태가 아니라서 몸이 흔들리며 주먹이 빗나가고 말았다.

침입자는 아무 말도 하지 않았다. 다만 인간이 내는 소리라고는 믿을 수 없는 괴성을 질러댔다. 뉴트의 귀에는 벽 너머에서 아득하게 들려오는 소리로만 들렸다. 뉴트는 앞좌석 바닥을 두 발로 단단히 딛고 일어나 그 크랭크에게 또다시 주먹을 날렸다. 크랭크는 마치 아장아장 걷는 아기를 상대하듯 웃으며 뉴트의 주먹을 막았다. 그리고 무어라 소리쳤다. 목에 핏줄이 불거진 걸 보니 크게 고함을 친 것 같은데 뉴트의 귀에는 들리지 않았다. 그의 귓속엔 '치지직 위잉' 하는 소음이 가득했다. 뒤에서 무언가가 뉴트를 붙잡았다. 조수석 문으로 올라탄 여자 크랭크가 뉴트의 셔츠를 잡아 당겼다. 정전기로 인해 여자의 머리카락이 사방으로 뻗치면서, 뺨에 큼직한 상처가 난 지저분한 얼굴을 머리카락이 보송보송한 구름처럼 감싼 모양새가 됐다.

"뉴트!"

키샤가 소리쳤다. 키샤의 목소리는 치솟는 광기로 인해 생긴 잡스러운 소리들의 불협화음을 뚫고 뉴트에게 가닿았다.

뉴트는 속에 쌓이고 쌓였던 좌절감을 끝내 발산하고 말았다. 그는 자신이 무엇을 하는지 인식하지 못했다. 그는 여자의 얼굴을 향해 격하게 발길질을 해댔다. 손으로는 운전대 앞에 앉은 남자를 붙잡고 온 힘을 다해 엄지로 그자의 눈을 찔렀다. 남자는 뉴트의 팔을 쳐댔지만 뉴트는 더욱 세게 힘을 주었다. 발로 여자를 걷어차면서 그 힘으로 남자의 눈을 꽉 찔렀다. 뉴트의 발이 물컹한 여자의 얼굴을 세차게 밟았고 그의 엄지가 마침내 앞쪽의 무언가를 터뜨리며 안으로 쑥 들어갔다. 두 크랭크는 동시에 제 얼굴을 부여잡고 비명을 내질렀다. 뉴트는 남자를 운전석에서 밀쳐낸 뒤 운전석에 등을 대고 여자를 걷어찼다. 여자가 포기하고 트럭 밖으로 떨어질 때까지 뉴트는 공격을 멈추지 않았다.

불붙은 분노가 내면에서 폭발을 거듭했다. 피부가 달아오르고 귓속은 바싹 그을린 솜으로 채워진 듯했다. 눈앞에 하얀 안개가 끼었다. 사방의 공기가 타닥타닥 소리를 내며 번갯불을 피워냈다. 더듬거리며 운전석에 앉은 뉴트는 곧장 트럭을 전진시켰다.

양옆의 문이 열려 있었지만 아랑곳 않고 액셀을 세차게 밟았다.

타이어가 미끄러지면서 트럭 뒤쪽이 좌우로 흔들렸다. 마침내 고무로 된 타이어가 보도를 밟자 미끄러짐이 멈추고 트럭이 세차게 달려 나가기 시작했다. 뉴트는 트럭이 깔고 지나가는 몸뚱이들을 막연히, 지엽적으로만 인지했다. 마침내 트럭은 탁 트인 길로 나갔다.

뒷자석에서 기사가 소리쳤다.

"존시! 존시는 어떻게 해!"

뉴트는 키샤의 목소리를 겨우 들었지만 트럭의 속도를 줄이지 않았다. 다른 우주에서의 뉴트라면 존시 패거리를 두고 떠나는 것에 대해 동정심과 죄책감을 느꼈을 것이다. 방금 트럭으로 치고 지나간 자들이 그를 돕겠다고 맹세했던 사람일 수도 있다는 생각에 마음이 좋지 않았지만 그런 건 이미 중요하지 않았다. 아무래도 상관없었다. 세상은 지옥이었다. 지옥에서는 모든 게 다르게 받아들여진다.

머릿속을 가득 채운 광기의 구름 속에서 그는 생각했다.

'키샤.

중요한 건 오직 키샤,

단테,

재키.'

그 외에 중요한 건 없었다.

CHAPTER 20

비교적 곧게 뻗은 도로를 달릴 수 있어서 다행이라고 뉴트는 어렴풋이 생각했다. 그는 여전히 거의 제정신이 아니었다. 액셀을 밟은 발에 힘을 빼면서 애써 속도를 줄여나갔다. 감각이 둔해지면서 시야도 한껏 좁아지는 와중에 트럭 엔진도 점점 힘을 잃어갔다. 본능적으로 백미러를 올려다봤지만 아무것도 보이지 않았다.

"뉴트, 어서 세워!"

키샤가 그의 귀에 대고 소리쳤지만 그에게는 속삭임처럼 들릴 뿐이었다.

뉴트는 액셀에서 발을 들고 브레이크를 밟았다. 급정거를 하면서 그의 몸이 운전대로 확 쏠렸다. 거대한 심장이 쿵쾅쿵쾅 뛰면서 온몸이 고동쳤다. 기어를 주차 모드로 바꿨다. 위키드의 기억 삭제 장치로 기억이 지워진 뒤로 그는 운전을 해본 적이 없었다. 하지만 오래된 파이프에서 물이 새어나오듯 기억이 조금씩 돌아온 덕분에 그는 예전 삶에서 부모가 차를 운전하는 걸 봤던 기억을 떠올렸고, 트럭을 운전해서 크랭크 떼를 피해 도망칠 수 있었다.

사방에 밤이 내렸다. 이국의 해저에 가라앉은 듯 공기가 캄캄했다. 태양이 순식간에 이 행성 너머로 내던져진 듯했다. 언제 해가 저물고, 언제 햇빛이 사라졌는지 본 기억이 없었다. 문득 정신을 차리고 보니 주변이 어둡고 고요했다.

"잘했어." 키샤는 그의 어깨를 두드렸다. 뉴트의 머릿속에 불어 닥쳤던 폭풍도 가라앉고 있었다. 이제 그는 키샤의 목소리를 들을 수 있었다. 분명하게. 키샤가 팔을 뻗어 올려 트럭 내부의 작은 조명을 켰다. 그 조명은 어둠을 물리치는 봉화나 다름없었다. "어떻게 그곳을 벗어날 수 있었는지 모르겠어. 네가 제정신이 아니라서 가능했던 것 같기도 해. 고마워."

뉴트는 키샤를 돌아보았다. 어떻게 그렇게 잔인한 말을 할 수 있을까. 키샤의 얼굴에는 환한 미소가 퍼져나가고 있었다. 세상의 종말이 닥치기 전, 평화로웠던 시절처럼.

"네가 자랑스러워. 정말 자랑스러워."

뉴트도 미소를 지어 보이려 애썼다. 그러다 눈을 감고 몇 번 심호흡을 했다. 곤두섰던 신경이 가라앉고 소음이 줄어들면서 심장 박동도 느려졌다. 다시 눈을 떴을 때 시야를 가리는 안개는 없었다. 마치 누군가 묵직한 커튼을 젖힌 것처럼, 뭐든 뜻하는 대로 볼 수 있고 자유로이 생각도 할 수 있었다. 산속 개울의 맑은 물이 흘러든 것처럼 명징한 생각이 그의 머릿속으로 흘러들었다.

왜 이렇게 매번 가슴이 찢어지는 결정을 내려야 하는지 절로 한숨이 나왔다.

그는 나지막하게 말했다.

"트럭에서 내려요."

키샤가 물었다.

"뭐?"

"트럭에서 내리라고요. 여기 내려줄게요."

'제발 따지고 들지 말아요. 제발, 제발, 제발. 그냥 이해해 주세요. 내가 왜 이러는지 곧 알게 될 거예요.'

이런 생각이 마치 기도처럼 뉴트의 머릿속에 떠올랐다.

"대체 무슨 소릴 하는 거야?"

화가 났다기보다는 상처받은 목소리였다.

창피했다. 플레어 바이러스의 영향으로 광기에 사로잡혔다가 풀려난 후라 안도하고 있던 참이었다. 뉴트는 고개를 돌려 키샤를 바라보았다.

"위키드 사람들이 하는 일을 방해하면 안 돼요." 그는 이성적으로 생각하려 애썼다. "가끔은 그들이 치료제 찾는 일을 포기했다는 생각도 들어요. 오늘 보면…… 복수심으로 뭐든 저지르는 것 같기도 하고요. 자기네 단체가 존재해야 하는 이유를 증명하려고 애쓰는 것 같아요."

"그게 지금 이 말이랑 무슨 상관이야?" 뉴트는 지금까지 재키가 한 말을 한 마디밖에 들어보지 못했다. '엄마'라는 말. 재키는 제 엄마의 목을 두 팔로 꼭 감고 있었다. 단테도 이번만은 엄마를 제 누이아 기꺼이 공유하는 듯했다. 키샤는 자식들이 자신의 몸에 원래 붙어 있던 부속물인 것처럼 크게 의식하지 않는 눈치였다. "네가 미친 뉴트인지 제정신인 뉴트인지 분간이 안 돼."

"거의 제정신인 뉴트예요. 지금은요." 그는 미소를 지어 보이려 했지만 뜻대로 되지 않았다. "잘 들어요. 위키드 사람들이 우리를 잡으러 올 거예요. 이 트럭을 찾아내든지 제 위치를 추적하든지 하겠죠. 그렇게 되면 아줌마도 같이 붙잡혀요. 그들이 제 위치를 얼마나 쉽게 추적할 수 있는지는 굳이 말 안 해도 아시겠죠. 이 트럭도 위키드 것이니 그들은 어려움 없이 위치를 파악할 거예요. 그러니까……."

뉴트는 더 이상 말을 할 수가 없었다. 더 말하지 않아도 충분히 이유를 설명했다고 생각했다.

키샤의 눈에 눈물이 차올랐다.

"뉴트, 이런 대화 그만 하고 싶어. 우린 지옥에 들어갔다가 탈출했잖아. 널 두고 못 떠나."

뉴트는 가슴에 차오르는 고통을 멀찌감치 쳐내려 애썼다. 키샤 때문에 이별이 전보다 더 어려워지고 있었다.

"제발요, 키샤. 아줌마를 재키가 있는 곳으로 데려다줘야 한다는 목표 덕분에 저는 지금까지 버틸 수 있었어요. 다른 사람에게 도움이 됐다는 생각을 하면서 인생을 마감하고 싶었거든요. 가족들이랑 여기서 내리더라도 곧 다른 차나 집을 찾을 수 있을 거예요. 저와는 달리 플레어 바이러스는 아줌마한테 별다른 영향을 미치지 않는 것 같아요. 앞으로 무슨 일이 일어날지 누가 알겠어요. 어쩌면 가족들이랑 누구보다 행복하게 살 수 있을 거예요!"

키샤는 손을 뻗어 그의 귀를 비틀었다. 세게.

뉴트는 소리를 질렀다. 분노가 확 올라왔다. 화를 가라앉히느라 의지력을 총동원해야 했다.

"내가 널 어린애 다루듯 해야겠니? 내 지성을 모욕하지 마. 어차피 다들 비참하게 끝장날 인생인데 같이 모여서 끝장나는 편이 나아. 이제 내가 운전할까?"

"운전해서 어디로 가게요? 갈 곳이 있어요, 키샤? 위키드는 제 위치를 추적할 거예요. 저랑 같이 있다 보면 인생이 더럽게 꼬여서, 차라리 플레어 병이 급속도로 진행되는 편이 낫다는 생각이 들걸요. 저랑 같이 다니면 끔찍한 일이 일어난다는 걸 우리 둘 다 알잖아요. 그러니까 애들이랑 맛 간 오빠를 데리고 트럭에서 내려요. 아줌마네 식구들까지 나 때문에 힘들게 만들었다는 죄책감은 느끼지 않고 죽게 해달라고요."

뉴트는 고래고래 소리쳤다. 그러는 자신이 싫었다. 하지만 이들을 보내야 했다. 이들을 여기서 떠나보내야 그는 옳은 일을 했다는 생각으로 스스로를 위로할 수 있을 것이다. 그것이 뉴트가 그나마 챙겨갈 수 있는 선물이었다. 분노와 광기가 뉴트라는 인간이 존재를 완전히 지워버리기 전에, 한 가족을 다시 만나게 하는 데 작게나마 도움이 됐다는 보람 말이다.

"제발! 제발 이 빌어먹을 트럭에서 내려요!"

"뉴트."

키샤가 속삭이듯 그를 불렀다. 그녀의 얼굴에서 싸워 이기려는 기색은 보이지 않았다. 키샤도 뉴트의 생각이 옳다는 것을 엄마의 본능으로 알고 있었다. 그래서 그녀는 그를 보내주기로 했다. 그것이 뉴트가 키샤에게 받은 두 번째 선물이었다. 토머스는 하지 못한 일이었다. 뉴트는 그 결단으로 키샤가 얼마나 깊게 마음이 아플지, 속이 갈기갈기 찢어졌을지 짐작이 갔다. 키샤는 뉴트에게 어머니나 이모, 누나 같은 존재였다⋯⋯.

"소냐." 난데없이 그 이름이 튀어나왔다. "아줌마를 보면 제 동생 소냐가 떠올라요. 요즘 소냐에 대한 기억이 돌아오기 시작했어요. 소냐가 엄마를 많이 닮았거든요. 그래서인지 아줌마를 보면 소냐와 엄마가 생각나요. 어쩌면 위키드가 저를 다시 잡으러 온 이유가 아줌마 때문일 수도 있어요." 뉴트는 왜 이런 말을 하는지 알 수 없었지만 말을 하다 보니 점점 기분이 좋아졌다. "아줌마네 가족이 잘 살아남으면 저는 정말 행복할 것 같아요. 저는 제 가족한테 무슨 일이 일어났는지, 살아 있기는 한지 알 수도 없는데 그런 마음의 상처도 어느 정도 치유될 것 같고요. 그러니 제발 가세요. 최선을 다해 단테와 재키를 잘 지키세요. 제가 바라는 건 그거 하나예요. 서둘러야 돼요. 그들이 곧 올 거예요. 분명히요."

뉴트의 마음속에 눈물이 차올랐다. 이대로 펑펑 울면서 두 아이와 함께 키샤의 목에 얼굴을 묻고 싶었다. 하지만 그래서는 안 되었다. 조금 전 플레어 병 때문에 미쳐 날뛰던 기운을 가라앉혔듯이 그는 눈물을 애써 삼켰다. 버틸 수 있는 시간도 얼마 남지 않았다. 아마 다시는 참지 못하게 될 것이다. 그래도 마지막으로 힘을 내서 씩씩하게 그들을 보내주고 싶었다. 키샤를 위해 그 정도는 해주고 싶었다.

키샤는 조용히 눈물을 흘렸다. 입을 몇 번이나 열고 닫으면서 아무 말도 못 하는 걸 보면 무슨 말을 해야 할지 알 수 없어 힘들어하는 눈치였다.

"괜찮아요. 무슨 생각을 하는지 어떤 기분인지 잘 알아요. 굳이 말로 하지 않아도 돼요. 중요한 건 아이들이에요." 뉴트는 아이들을 고갯짓으로 가리켰다. "재키와 단테. 이 아이들이 전부

예요. 오빠분도 어서 괜찮아지길 바랄게요." 키샤의 오빠는 창
밖을 내다보며 소리 없이, 의식 없이 울고 있었다.

'전쟁 신경증이라고 했지.'

뉴트는 생각했다. 위키드가 저 남자의 머릿속도 엉망진창으
로 만든 걸까.

키샤는 눈물을 닦으며 고개를 끄덕였다. 트럭 안은 바람 한
점 없는 폐허처럼 고요했다. 비 밑의 어둠이 눅눅한 고체인 양 그
들을 압박해 왔다. 이대로라면 산 채로 어둠에 파묻힐 것 같았
다. 트럭 안의 자그마한 불빛은 저 위의 세상과 그들을 연결해
주는 촛불이었다.

"알았어, 뉴트." 키샤의 목소리에 힘이 담겨 있는 게 느껴져
뉴트는 기분이 약간 좋아졌다. "보내줄게. 난 이 아이들을 돌보
고 오빠 상태가 좋아지도록 도울 거야. 우리가 널 보내주는 게
맞겠지."

"고마워요."

뉴트는 바보가 된 것 같았다. 한편으로는 더 싸울 필요가 없
으니 다행이란 생각도 들었다.

"마지막으로 할 얘기가 있어."

뉴트는 고개를 끄덕였다. 지혜롭고 자신감 있는 키샤의 눈을
볼 수 있어 기뻤다. 저 눈빛을 마음에 새기고 얼마 남지 않은 생
을 살아가야지. 저 눈빛을 떠올릴 때마다 기분이 좋아질 것이다.

"내 자식들을 제외하고 넌 세상 누구보다 내게 큰 힘이 되어 줬어. 함께 지낸 건 며칠밖에 안 되지만 그래도 넌……." 키샤는 숨을 삼킨 후 말을 이었다. "넌 정말 내게 깊은 인상을 줬어, 뉴트. 네가 남긴 그 좋은 인상을 영원히 간직할게. 운이 좋아서 이 바이러스에 잡아먹히지 않고 살아남으면, 이 우주에 네가 삶의 의미를 보탰듯이 나도 내 나름의 의미를 보태고 싶어. 사랑해, 뉴트. 내 아이들은 널 사랑하는 마음을 간직하고 자라날 거야."

뉴트는 대답을 하려 했지만 할 수 없었다. 꾹 참았던 눈물이 결국 흘러내리고 말았다. 그는 눈물로 마음을 대신 전할 수 있길 바랐다.

키샤는 운전석 너머로 그의 손을 잡고는 그의 손에 입술을 가만히 대고 따뜻하게 입을 맞췄다.

"잘 가, 뉴트."

이렇게 끝내는 수밖에 없었다. 키샤는 아이들을 챙기면서 오빠를 부드럽게 쿡 찔렀다. 그들 가족은 옆문을 통해 트럭에서 내렸다. 문이 닫히자 뉴트는 전방으로 고개를 돌리고는 기어를 넣었다. 그리고 칠흑 같은 어둠 속으로 트럭을 몰았다.

CHAPTER 21

새벽이 밝아올 무렵 트럭은 털털거리는 소리를 내다 멈춰 섰다. 뉴트는 트럭이 어떤 식으로 작동하는지에 대해 전혀 아는 바가 없었다. 트럭은 두 시간 동안 괴상한 소리를 내더니 결국 완전히 죽어버리고 말았다. 길가 여기저기에 버려진 차들 사이로 널찍한 도로를 한동안 달릴 때 뉴트의 머릿속에 떠오른 단어는 뜻밖에도 '고속 도로'였다. 세상의 종말이 닥치기 전에는 이렇게 넓은 도로를 그렇게 불렀을 것 같았다.

그는 죽어버린 트럭 안에 한참을 앉아서 덴버 시의 고층 건물 윤곽선 위로 떠오르는 태양을 바라보았다. 거의 밤새 정처 없이 트럭을 몰고 다녔는데, 고속 도로를 발견하고부터는 덴버 시 쪽으로 가야겠다는 결심이 섰다. 밤이지만 덴버 시에는 조명등이 들어와 있어서 방향을 찾는 건 어렵지 않았다. 해가 떠오른 지금, 덴버 시의 풍경은 너무나도 멋져 보였다. 거리가 멀어서 그런지, 떠오르는 태양을 배경으로 서 있는 고층 건물들이 마치 새 것처럼 보였다. 저런 도시들이 지구를 지배하던 시절로 시간을 거슬러 돌아가고 싶었다. 언제든 내키는 대로 도시를 드나들 수 있었던 시절로.

그런 생각을 하다 보니 행복감이 밀려왔다.

그는 배낭을 잃어버렸다. 먹을 것도 없었다. 바지 주머니에 쑤셔 넣어 지금 다리를 찌르고 있는 일기장 말고는 소지품도 전혀 없었다. 그의 머릿속에 들끓는 플레어 바이러스는 그를 곧 단계로 빠르게 몰아가고 있었다. 그가 훔쳐 타고 온 트럭은 고장 나버렸고 이제 그는 갈 곳도, 말할 상대도 없었다. 토머스와 친구들을 아마 다시는 보지 못할 것이다. 가족들에 대한 기억은 돌아왔지만 가족들은 이미 다 죽었을 것이다. 그는 철저하게 혼자였다.

그런데도 그의 가슴속에는 행복이 들어찼다. 말도 안 되는 일이었다. 어쩌면 이것도 그의 머리를 잠식해 들어오는 광기의 또 다른 징후일 수 있었다. 그래도 그는 기꺼이 그 감정을 받아들였다. 그는 선한 일을 했다. 그는 키샤가 면역인인 것 같다는 느낌을 어렴풋이 받았다. 키샤는 플레어 병 증상을 확실하게 내보인 적이 없었다. 적어도 뉴트 옆에 있을 때는 줄곧 멀쩡했다. 그는 미약하긴 하지만 키샤가 딸과 상태가 안 좋은 오빠를 만날 수 있도록 도왔다. 그리고 이렇게 긍정적이고 희망에 부푼 상태로 제

정신인 시기를 마감하고 있었다. 그래서 행복했다.

바지 주머니에 손을 넣어 일기장을 꺼냈다. 나중에라도 혹시 쓸 일이 있을지 모르니 이 일기장을 키샤에게 넘겼어야 마땅했지만, 이렇게 아직 가지고 있으면서 몇 줄 더 적을 수 있어 다행이었다. 비교적 안전한 공간인 트럭을 버리고 떠날 마음의 준비가 되어 있지 않은 터라 그는 트럭에 앉은 채 자그마한 일기장을 펼쳤다. 그리고 일기장에 꽂아둔 펜을 빼 들고 적기 시작했다.

언젠가, 어디선가, 어떻게든 이 일기장이 누군가에게 발견되어 읽히게 되지 않을까. 그는 자신이 행복감을 느꼈다는 걸 후세 사람들이 알길 바랐다. 키샤와 그 가족뿐만 아니라 다른 이들도 알길 바랐다. 그는 친구들과 교류하고 함께 웃으며 모험을 했다. 그들의 애정을 느꼈고 그들에게 애정을 되돌려 주는 기쁨을 누렸다. 그 이상 무엇이 더 필요할까?

면역, 음식, 커다란 집, 종말이 오지 않은 세상, 사랑하는 이웃들로 가득한 동네? 그래, 그런 게 있다면 더 좋겠지. 하지만 없어도 괜찮았다.

'내가 정말 미쳐가고 있구나.'

이런 생각을 하는 그의 얼굴에 미소가 깃들었다.

그는 혀를 살짝 내밀고는 일기장을 내려다보며 이 모든 감정을 적어 내려갔다.

| 에필로그 |

뉴트의 뇌에 총알이 박혔다.

왜 자신이 아직까지 살아 있는지 뉴트는 이해가 되지 않았다. 이 상황 대부분이 이해가 안 갔다. 그의 병든 머릿속에 희미한 기억들이 맴돌았다. 죽음이 곧 닥쳐올 것임을 그는 알았다. 세상이 생명이라 부르는 그라는 인간의 본질이 몸에서 빠르게 빠져나가고 있었다. 방울방울 떨어지는 게 아니라 부서진 댐으로 콸콸 쏟아지고 있었다.

토머스가 뉴트에게 총을 쏘았다.

플레어 병으로 인한 분노에 휩싸여 자아를 잃어가던 뉴트는 토머스에게 총을 쏴달라고 했다. 제발 총을 쏴달라고 애원했다. 어서 쏘라고 재촉했다. 그는 문득문득 떠오르는 이미지와 느낌으로 이 일을 기억할 뿐이었다. 마치 꿈처럼 느껴졌지만, 두개골 안의 날카로운 통증과 희미해져 가는 세상은 이것이 현실임을 일깨워 주었다. 플레어 병이 전과는 다른 양상으로 그의 속에 불을 붙였다. 순수한 광기가 쏟아져 나왔다. 이제는 하얀 안개가 완전히 앞을 가렸고 귓속의 소음이 넘쳐흘러 아무 소리도 들리지 않았다. 완벽한 분노에 사로잡힌 그는 스스로를 통제할 수 없었다. 마치 미친 독재자가 그의 영혼을 탈취한 듯했다.

세세한 기억이 점차 흐릿하게 사라져 갔다.

"뉴트."

여자의 목소리였다. 부드러운 목소리가 그의 귀에 날아와 박혔다. 뉴트는 천사와 천국을 떠올렸다. 이제 사후 세계에 관한 좋은 소식을 듣게 되는 걸까.

천사가 말했다.

"뉴트, 내 말 들을 수 있는 거 알아. 안타깝게도 네 활력 징후가 약해지고 있어서 시간이 별로 없어. 우리가 널 구하려고 노력했다는 말을 꼭 해주고 싶었어. 우린 널 구하려고 할 수 있는 모든 방법을 다 썼어."

뉴트는 말을 하려고 했지만, 이제 다시는 소리 내어 말할 수 없음을 자각했다. 이 여자는 왜 그에게 말을 걸고 있을까? 대체 누구인데? 저들은 왜 그를 구하려 했을까? 생명이 잦아드는 중에도 뉴트는 키샤를 기억했다. 단테와 재키도. 망가진 머릿속에서 그는 미소 지었다.

목소리가 다시 말했다.

"뉴트, 내 얘기 잘 들어. 네가 알아야 할 것들이 있어. 소냐는 네 동생이고 지금 살아 있어. 너를 구하려고 애썼을 때보다 소냐를 구하는 데 더 크게 힘을 쓰겠다고 약속할게."

뉴트는 생각을 제대로 할 수가 없었다. 어느 때보다도 힘에 부쳤다. 생각들이 논리적으로 이어지질 않았다. 하지만 가슴속에 퍼져나가는 느낌은 인지했다. 소냐가 살아 있다. 소냐가 살아 있었다. 기쁘지만, 다시는 소냐를 볼 수 없다는 생각에, 온전한 기억을 간직한 채로 소냐를 볼 일은 없으리라는 생각에 슬픔이 밀려들었다.

천사가 다시 말했다.

"뉴트, 넌 네 목숨이 다른 이들의 목숨만큼 중요하지는 않다고 생각했어. 넌 면역인이 아니니까 쓰고 버려질 뿐이라고 생각했어." 주변에서 무어라 외치는 목소리들이 들린 것 같기는 한데 의미는 알 수 없었다. 이윽고 그 목소리들은 사그라지고 여자의 훌쩍이며 우는 소리로 바뀌었다. 여자가 계속해서 말했다. "아, 뉴트. 정말 미안해. 이것만은 알아줘. 소냐는 면역인이고 넌 아니야. 너희 둘은 남매야. 우리가 널 연구한 것도, 계속 지켜본 것도 그래서였어……." 여자가 목청을 가다듬는 소리가 뉴트의 귀에는 천둥소리처럼 들렸다. "분명히 이유가 있을 거야. 바이러스가 너에게는 영향을 주고 소냐한테는 영향을 주지 않는 이유가. 내 숨이 끊어지는 날까지 그 이유를 알아내는 일에 매진할게."

죽을 때는 누구나 다 이럴까. 죽음이 마치 하나의 존재처럼 느껴졌다. 머릿속이 혼돈에 빠졌다. 생명은 빛이고 죽음은 그 빛을 꺼뜨리는 존재였다. 지금도 죽음은 우주의 온 힘을 끌어 모아, 뉴트라는 생명의 촛불을 후우 불어 꺼뜨리려고 깊게 숨을 들이마시고 있었다. 죽음의 입에서 공기가 불어 나오는 게 느껴졌다. 그리고 생명의 빛이 점점 약해지고 거의 꺼져가는 게 보였다.

천사기 미지막으로 말했다.

"내가 네 일기장을 갖고 있어, 뉴트. 이 우울한 행성에서 내가 마지막으로 해야 할 일인지도 모르겠지만, 이 일기장을 토머스에게 꼭 전해줄게. 네가 기억했던 것을 그 애들도 알아야 할 테니까."

뉴트는 생각했다.

'토머스. 토머스는 이해해 줄 거야.'

마침내 빛은 사라졌다.

옮긴이 **공보경**

고려대학교 영어영문학과를 졸업하고 소설, 에세이, 인문 분야 전문 번역가로 활동하고 있다. 옮긴 책으로《메이즈 러너》시리즈,《테메레르》시리즈,《제인 스틸》, 《아크라 문서》,《작은 아씨들》,《물에 잠긴 세계》,《하이라이즈》,《양들의 침묵》, 《개들의 섬》등이 있다.

크랭크 팰리스

초판 1쇄 인쇄 2021년 11월 5일
초판 1쇄 발행 2021년 11월 19일

지은이 | 제임스 대시너
옮긴이 | 공보경
발행인 | 강봉자, 김은경

펴낸곳 | (주)문학수첩
주소 | 경기도 파주시 회동길503-1(문발동633-4) 출판문화단지
전화 | 031-955-9088(대표번호), 9536(편집부)
팩스 | 031-955-9066
등록 | 1991년 11월 27일 제16-482호

홈페이지 | www.moonhak.co.kr
블로그 | blog.naver.com/moonhak91
이메일 | moonhak@moonhak.co.kr

ISBN 978-89-8392-885-6 03840

* 파본은 구매처에서 바꾸어 드립니다.